KB049501

DREAMBOOKS

DREAMBOOKS

進士武林
진사무림

8

봉황송 신무협 장편소설

ORIENTAL FANTASY STORY & ADVENTURE

dream
books
드림북스

진사무림 8

초판 1쇄 인쇄 / 2015년 12월 4일
초판 1쇄 발행 / 2015년 12월 11일

지은이 / 봉황송

발행인 / 오영배
책임편집 / 편집부
펴낸 곳 / (주)삼양출판사 · 드림북스

주소 / 서울특별시 강북구 도봉로 173
대표 전화 / 02-980-2112 팩스 / 02-983-0660
편집부 전화 / 02-980-2116 팩스 / 02-983-8201
블로그 / blog.naver.com/dreambookss

등록번호 / 제9-00046호
등록일자 / 1999년 3월 11일

값 8,000원

ISBN 979-11-313-0484-6 (04810) / 978-89-542-5445-8 (세트)

* 지은이와 협의하에 인지는 생략합니다.
* 잘못된 책은 구입한 곳에서 바꾸어 드립니다.

이 도서의 국립중앙도서관 출판시도서목록(CIP)은 서지정보유통지원시스홈페이지(http://
seoji.nl.go.kr)와 국가자료공동목록시스템(http://www.nl.go.kr/kolisnet)에서 이용하실 수
있습니다. (CIP제어번호:2015032693)

進士武林

진사무림

8

봉황송 신무협 장편소설

ORIENTAL FANTASY STORY & ADVENTURE

dream
books
드림북스

進士武林

진사
무림

목차

第一章
금의환향

어머니의 생신날이 가까워졌다.

오랜만에 오혜련의 생신을 직접 축하하기 위해 이한열이
고향으로 찾아왔다.

생일!

대부분의 사람들에게 가족 혹은 친지들의 모임이 되는 날
이다. 하지만 반대로 끔찍한 경험을 하는 날이 되기도 한다.

어린 시절 이한열이 그랬다.

가난했기에 생일을 제대로 챙길 수가 없었다.

그나마 그의 생일날은 부모님이 신경을 써 주었지만 정작
본인들의 날에는 그냥 넘어가고는 하였다. 이한열은 항상 그

것이 마음 아팠다.

이한열이 북경을 떠나 그리운 고향 집에 도착한 것은 정오가 막 넘어서고 있을 때였다.

"많이 바뀌었구나."

이한열이 집을 바라보면서 중얼거렸다.

북경으로 떠날 때 보았던 초라한 집은 더 이상 존재하지 않았다.

으리으리한 대 저택을 지닌 장원이 떡하니 옛 고향 집 자리에 세워져 있었다. 거짓말 많이 보태면 벽의 끝이 보이지 않을 정도였다.

어린 시절부터의 추억이 서려 있는 초라한 집이 사라졌지만 이한열은 하나도 서운하지 않았다.

"초라했던 옛집이 눈에 보이지 않게 되어 속이 다 시원하다."

이한열이 만족스러워했다.

지금 그의 눈앞에 떡 하니 자리를 잡고 있는 건 큰 집 뿐 아니라 넓은 정원까지 가진 장원이었다.

이한열은 북경에서 모은 돈 가운데 일부를 부모님에게 보냈다.

마음껏 쓰라고 서신까지 써서 보냈지만 부모님들이 돈을 사용하지 않고 그냥 두셨다. 사용하라고 보낸 돈까지 본인들을 위해서는 사용하지 않고 자식을 위해 남겨 두시는 거였다.

그 뒤로 이한열은 돈은 돈대로 계속 보냈고 비단, 향수, 서책 등도 함께 보냈다. 그리고 결정적으로 초라한 집을 허물고 커다란 장원을 짓도록 인부들을 동원했다. 직접 나서지 않으면 부모님들은 언제까지나 초라한 집에서 살아갈 거란 사실을 직감했기 때문이었다.

'너무 큰돈을 쓰는 것 아니냐? 새집만 해도 좋은데 장원이라니 너무 부담스럽다.'

'집은 걱정하지 말고 돈은 북경에서 큰일을 하는데 써라.'

오혜련과 이찬성이 걱정스러워했다.

그들은 이한열이 북경에서 얼마나 성공했는지 정확하게 알지 못했다. 다만 찾아오는 사람들과 선물들로 인해 아들의 성공을 어렴풋이 알 뿐이었다.

방문하는 사람들 중에는 그들이 살면서 한 번도 만나 보지 못한 벼슬아치들도 있었다. 황실에서 실세로 떠오른 이한열에게 잘 보이기 위한 벼슬아치와 유지, 호족들의 방문이 부쩍 늘었다.

찾아온 사람들이 초가집을 보고 하나같이 놀란 표정을 짓고는 했다.

　'북경에서 출세 가도를 달리고 있어요. 그런데 부모님
이 초가집에서 사시면 사람들이 어떻게 생각할까요? 제
가 불효한다고 욕먹어요. 그러니까 마음 편안하게 생각
하세요.'

이한열이 부모님의 우려를 가볍게 불식시켰다.
자식이 욕먹을 수도 있다는 생각에 부모님의 불편하던 마
음이 씻은 듯이 사라졌다.
우여곡절 끝에 마련된 장원이었다.
"기화이초들이 자라는 정원이 있고, 지붕과 건물에도 운치
가 있구나."
이한열이 잘 지어진 집을 보면서 싱긋 웃었다.
비싼 돈 주고 솜씨 좋은 인부들을 고용한 덕에 집이 근사
하게 나왔다.
은은하게 고풍스러운 멋을 보여 주고 있는 집에는 포근하
면서도 기분 좋은 기운이 흘렀다. 북경의 풍요로우면서 멋있
는 장식과 멋스러움도 녹아들어 있었다.
사실 그는 어릴 때 살았던 초가집이 불편하다고는 느꼈지
만 부끄러워하지는 않았다. 부모님과 함께 살아가는 따뜻한

공간이라고 여겼다.

하지만 북경에서 살면서 벼슬아치로서 체면치레를 해야 할 필요가 있다는 걸 알았다. 청백리로 살면서 찢어지게 가난하면 존경은 많이 받지만 따르는 사람들이 적어진다.

세상 모든 일에는 밝음과 어둠이 공존한다.

청렴한 청백리들은 옆에서 함께하는 사람들까지 청렴결백하도록 강제하는 효과가 있었다. 이는 최대의 강점인 동시에 최대의 약점이었다.

실제로 조정의 고관대작들을 살펴보면 청백리를 따르는 인사보다 탐관오리들의 옆에서 생사고락을 함께하는 사람이 더욱 많았다. 어쩌면 달콤한 이익을 많이 챙길 수 있는 탐관오리들 옆에 사람들이 몰리는 건 자연스러운 이치인지도 몰랐다.

사람은 욕망의 동물이었다.

너무 맑은 물에는 물고기가 살지 않는다.

탐관오리로 많은 돈을 버는 데에는 잘 먹고 잘 쓰고자 하는 목적이 있었다. 탐관오리 중의 한 명인 이한열에게 고향 초가집이 으리으리한 장원으로 변모한 건 당연한 수순이었다.

"누구신데 여기를 기웃거리는 것이요? 여기는 북경에서 잘나가시는 문화전대학사 님의 장원이오. 함부로 들어왔다가는 치도곤을 당할 수도 있으니 물러나시오."

건장한 체격의 사내가 나와서 이한열에게 경고했다.

사내는 장원에 문지기로 고용된 사람이었다.

장원에 찾아오는 사람들이 워낙 많아 들어오는 사람들을 가려야만 했다. 문지기를 세워 뒀지만 그래도 방문하는 사람들은 점점 늘어났다.

모두 북경에서 이한열이 잘나가는 까닭이었다.

이찬성과 오혜련은 사람들 대접이 번거롭기도 했지만 얼굴 한 번 찌푸리지 않았다. 이한열이 출세 가도를 달린다는 사실을 알았기에 함박웃음을 지었다.

정작 사람들이 방문하지 않으면 그것이 문제처럼 느껴졌다.

하지만 벼슬아치와 유지 등이 자주 방문하면서 장원에는 어중이떠중이들까지 많이 찾아왔다. 약간의 콩고물이라도 떨어지지 않을까 하면서 거지 근성으로 방문하는 작자들이 문제를 일으키고는 했다.

북경으로 떠나고 난 뒤 한 번도 오지 않았기에 고용된 문지기가 이한열을 몰라봤다.

"그런가?"

이한열은 문지기 사내의 경고에도 불구하고 기분 나빠하지 않았다. 일을 열심히 하는 사내를 보면서 오히려 기분이 좋아졌다.

"나는 이씨 가문에 한열이라는 이름을 가지고 있지. 그리고 과거에 급제한 진사이기도 해."

이한열이 자신의 신분을 밝혔다.

당당하게 이름을 말하면서 뿌듯함을 느꼈다.

여유롭던 문지기의 눈동자가 크게 부릅떠지면서 긴장감을 잔뜩 드러냈다. 눈앞의 당사자가 누구인지 깨달았다는 걸 눈동자를 통해 확실히 내비쳤다.

"이…… 한열 진사님이시라고요? 장원 주인님 자제분과 성함이 똑같으시군요."

"내가 바로 이 집 아들이지."

"아이쿠! 제가 미처 몰라뵙고 큰 실례를 저질렀습니다. 용서해 주십시오."

허리를 넙죽 숙인 문지기 사내의 얼굴이 창백해졌다.

그는 언제 찾아올지 모를 주인 아들 이한열에 대한 이야기를 누누이 들어왔다. 생김새까지 전해 들었는데 미처 알아보지 못했다.

윽박지르기까지 한 장원 문지기가 일자리에서 잘리겠다는 생각에 몸을 떨었다.

'여기만 한 일자리도 없는데……'

장원에서 주는 보수는 다른 곳에 비해 후했다.

그리고 그런 보수보다 더욱 많은 돈이 장원을 오고가는 사람들에게서 들어왔다.

호가호위!

문화전대학사 이한열의 찬란한 후광의 이득을 장원을 지키는 일개 문지기까지 보고 있었다.

"일어나게."

"용서해 주시는 겁니까?"

살짝 고개를 치켜든 문지기가 걱정스러운 표정으로 이한열을 바라보았다.

"일을 제대로 한 사람에게 용서는 무슨 용서야? 지금처럼 하면 충분해."

이한열은 아무 일 없다는 듯 편안하게 문지기를 대했다.

그는 언제 어느 곳에서나 제대로 일하는 자를 존중했다.

문지기라면 설령 황제가 오더라도 모르는 사람이면 일단 막고 신분부터 확인해야 했다.

그것이 진정한 문지기의 자세였다.

"감사합니다."

걱정과 우려가 사라진 문지기가 다시 한 번 허리를 넙죽 숙였다.

"제가 안내해 드리겠습니다."

"아니야. 혼자 천천히 구경하면서 들어갈 테니 안내는 필요 없어."

이한열이 웅장하고 높은 정문을 넘어 장원 안으로 들어섰
다.

정문와 인접한 곳부터 장원의 정원이 시작됐다.

밖에서 보는 정원과 직접 안으로 들어와서 보는 풍경은 완
연히 달랐다. 햇볕이 풍성한 나뭇잎 아래로 흘러내리고 있었
고, 갖가지 색의 꽃들이 햇볕에 색색으로 물든 자태를 자랑
했다. 나무들 옆에는 기이한 형태의 수석들이 자리를 잡고 있
었다.

"잘 꾸몄구나. 이 정도면 북경 대 저택의 정원에 비해 손색
이 없어."

정원을 거닐면서 안으로 향하고 있는 이한열이 감탄했다.

아기자기하게 꾸며진 정원을 조금 더 들어서자 작은 골짜
기와 산줄기들이 있었다. 작은 산줄기를 타고 하강하는 햇살
이 중턱에 걸린 풍란에 새파랗게 물들었다. 골짜기까지 속속
파고든 햇살이 푸른 나뭇잎들과 대조를 이뤄 꽃들을 더욱 화
려하게 물들였다.

정원이 장원 담장을 빙 둘러 가면서 자리 잡고 있었다.

장원 전체에 심어진 나무와 기화이초들의 수만 해도 천을
훌쩍 상회했다. 나무와 기화이초를 담당하는 일꾼만 해도 열
명이 넘었다.

나무와 기화이초들을 심기 위해 장원에 들어간 돈만 해도 엄청났다.

　많다고만 알고 있을 뿐 부모님은 장원을 짓기 위해 들어간 돈이 정확히 얼마인지 몰랐다. 장원에 들어간 비용 처리를 모두 이한열이 직접 해 버렸기 때문이다. 그는 악착같이 모은 돈을 팍팍 아낌없이 사용했다.

　"돈이 좋기는 좋구나."

　이한열은 돈의 효용을 직접 두 눈으로 확인하고 있었다.

　저벅! 저벅!

　산책하듯 가볍게 걸었다.

　그때였다.

　"오우! 우리 가문의 보배 한열이 왔구나!"

　친근한 목소리를 내면서 다가오는 풍채 좋은 중년인이 보였다.

　그는 바로 이한열의 중부 이화동이었다.

　이화동은 멀지 않은 곳에 살고 있는 가까운 친척으로 예전부터 잘살았다. 부리고 있는 소작농만 해도 일곱 명이 될 정도였다.

　"오랜만에 뵙네요."

　이한열이 말을 하면서도 떨떠름해했다.

　'중부가 왜 집에 있는 거지?'

잘사는 이화동에게 이한열을 공부시키기 위해 부모님이 몇 번 손을 벌린 적이 있었다. 그리고 그때마다 쥐꼬리만 한 돈을 받으면서 갖은 수모를 당해야만 했다. 그리고 이한열이 낙방을 하고 난 뒤에는 그런 지원도 끊어졌다.

이화동이 초가집까지 찾아와서 빌린 돈을 갚으라고 생난리를 피웠었다.

"아들 공부시킨다고 빌려 갔던 내 돈 내놔! 얼어 죽을 공부는 때려치우고 기술이나 배우게 해."

"저쪽에 가서 이야기해요. 형님."

"웃기는 소리! 내 돈 내놓기 전에는 여기서 한 발자국도 못 움직인다."

"제가 음식점에 가서 일을 해서라도 꼭 갚을게요. 그러니 제발 여기서 이러지 마세요. 아주버님!"

"소중한 내 돈 떼어먹으면 천벌을 받을 거다. 그러니까 이한열이 과거에서 떨어진 거야. 저놈이 과거에 붙으면 내가 열 손가락에 장을 지진다."

이화동이 악담을 퍼부었고, 이찬성과 오혜련은 창백한 표정으로 싹싹 빌었다. 그리고 방에서 책을 펴고 공부하고 있던 이한열은 조용히 눈물을 줄줄 흘렸다.

과거에 떨어진 이한열로 인해 부모님의 모습이 우습게 되어 버렸다. 이한열이 무시를 받는 걸로도 모자라 부모님도 덩달아서 커다란 무시를 당했다.

노력과 실력이 모자라서 과거에 떨어진 이한열은 그렇다 치더라도 부모님은 무슨 죄인가?

그 뒤로 명절 때나 종갓집에서 얼굴을 볼 뿐 이한열의 집과 이화동 사이에는 왕래가 끊어졌다. 다른 친척들도 이한열에 대한 지원을 하지 않았다.

과거를 준비하는 학사는 단순히 방에서 책만 보는 것이 아니다. 수많은 책을 읽고, 또 과거 시험문제의 최신 출제 경향을 파악하고, 시험위원들 등에 대해서 알아야 했다.

과거 준비는 시간과 체력 그리고 돈과의 싸움이었다.

예전과 달리 돈이 없으면 과거를 준비하는 일이 쉽지 않았다.

부모님의 수모를 목격한 이한열은 과거에 급제하고 말겠다는 각오를 다졌다.

그리고 결국 과거에 급제하여 진사가 됐다.

한마디로 개천에서 용이 난 셈이었다.

진사가 된 뒤로 이한열의 집안과 친척들의 관계는 완전히 뒤바뀌었다. 가진 것이 있다고 잘난 척하던 친척들이 일제히 꼬리를 말고 납작 엎드렸다. 평소 왕래를 거의 하지 않던 그들이 문턱이 닳도록 들락거렸다.

"금의환향을 축하한다."

"그런데 우리 집에는 어쩐 일이세요?"

이한열이 우리 집이라는 말을 강조했다.

"문화전대학사의 금의환향을 축하해 주기 위해서 왔다."

마치 자신이 금의환향을 한 것처럼 이화동이 환하게 웃으며 말했다.

이한열은 미리 집에 방문한다는 서신을 보냈다.

서신을 읽은 부모님에 의해 이한열의 고향 방문이 알려졌고, 요즘 들어 친척들이 장원에 거의 거주하다시피 하는 중이었다. 사실 이한열의 방문 여부를 떠나서 장원에서 장기 거주하고 있는 자들이 많긴 했다.

이화동은 요즘 살판이 났다.

예전엔 그를 무시하던 지역의 유지들과 호족들이 떠받들어 주었기 때문이다. 이한열과 한집안 사람인 이화동을 대우해 줬다. 그리고 그건 모두 이한열이 뒤에 있었기 때문에 가능한 일이었다.

이한열을 바라보는 이화동의 눈빛에는 같은 가문 사람이라는 자부심이 넘실거렸다.

"그런데 손가락이 멀쩡해 보이네요?"

"손가락 다친 적이 없는데……."

"제가 과거에 급제하면 열 손가락에 장을 지진다면서요?"

"……."

이화동의 안색이 창백하게 변했다.

엄청나게 놀랐는지 그의 두툼한 턱살이 요란하게 흔들렸다. 눈동자가 지진이라도 난 것처럼 마구 요동쳤다. 개기름이 좔좔 흐르던 얼굴에 식은땀이 줄줄 흘렀다.

그런 모습을 보자 이한열은 십 년 묵은 체증이 확 내려가는 느낌이었다.

"무…… 무슨 소리냐?"

이화동이 딱 잡아뗐다.

"정말 기억이 안 나세요?"

"난 그런 말을 한 적이 없다."

"기억력이 나쁘시군요. 그런데 저는 과거에 합격하여 진사가 될 정도로 머리가 좋아요. 어지간한 일은 잊어버리지 않지요. 중부가 언제 손가락을 지진다고 말했는지 정확하게 말해 드릴까요?"

이한열은 친절하게 알려 줄 용의가 있었다.

그는 못되게 굴었던 이화동이 친근하게 다가서는 것이 싫었다. 어지간하면 싫어하는 마음을 감추려고 애썼겠지만 먼저 폭언과 무시를 해 놓고는 이제 와서 막무가내로 살갑게 다가서는 이화동에게는 예외였다.

"그것이 아니라……."

변명을 하려는 이화동이 안색이 시커멓게 바뀌었다.

지금 순간 그는 과거의 망언을 지워 버리고만 싶었다. 자존심이 강하고 피해 입는 걸 극히 싫어했기에 가문의 아랫사람인 이한열에게 핍박받고 있는 현실이 견디기 힘들었다.

그때였다.

반짝!

묘수가 떠오른 그의 눈빛이 번뜩였다.

"난 너의 중부다."

"아! 알아요."

"그걸 아는 네가 이렇게 나오면 안 되지. 자고로 윗사람은 공경해야 하는 법이다."

이화동이 윗사람인 신분을 내세웠다.

아무리 못나고 부족해도 이씨 가문의 피를 나눈 친지였다.

능력이 부족하고 못나도 먼저 태어났다는 것은 그 자체만으로 대단한 위력을 발휘하는 경우가 있다. 항렬은 혈족들의 위치를 가르는 중요한 기준이었다.

"그것도 알지요."

"이제부터라도 잘 지내보자."

"그건 힘들어요."

이한열이 천연덕스럽게 고개를 가로저었다.

"이익!"

그 모습을 본 이화동의 복장이 터졌다.

"윗사람도 윗사람 나름이지요. 힘들 때 찾아와서 패악을 부리고, 잘나가니까 쪼르륵 달려와서 이득을 챙기겠다는 건 도둑놈 심보 아닌가요?"

이한열이 직설적으로 속내를 내뱉었다.

얼굴에 철판을 깔고서 버티는 이화동에게는 단도직입적으로 나서는 것이 안성맞춤이었다.

항렬의 중요성은 잘 알고 있었지만 그렇다고 그것이 영원불변의 진리는 아니었다. 때로는 그걸 깨뜨리는 것도 가능했다. 힘으로 짓뭉개서 강제로 꺾을 수도 있었고, 그냥 아예 무시를 하는 것도 한 방법이었다.

이한열이 두 가지를 적절하게 섞어서 이용하였다.

"도둑놈이라니! 집안의 어른에게 너무 막말을 하는구나. 내 가만히 있지 않고 이를 가문에 알려 공론화시킬 테다. 그리하여 너를 호적에서 파내도록 하겠다!"

얼굴이 벌겋게 달아오른 이화동이 길길이 날뛰었다.

"마음대로 하세요. 가문에서 호적을 파겠다고 하면 해야겠지요. 그런데 정작 공론화시켰을 때 호적을 파야 될 사람이 누가 될지는 모르겠군요."

이한열이 입꼬리를 올리며 말했다.

결과는 이미 정해져 있었다.

가문에서는 백 년이 넘는 세월 중 가장 큰 벼슬에 오른 문화전대학사 이한열을 결코 밖으로 내보내지 않는다. 오히려 가문의 사람들은 소원해진 이한열과 어떻게 하면 친밀하게 지낼 수 있을까 걱정하고 있었다. 조금만 생각해 보면 쫓겨나는 건 누구일지 뻔했다.

가문에서 쫓겨난다?

그건 얼굴에 철판을 깔고 살아가는 이화동이라고 해도 감당할 수 없었다. 호적에서 지워지는 일은 무림인이 문파에서 파문을 당하는 것보다 더욱 문제가 컸다. 호적에서 지워진 사람은 얼굴을 들고서 밖으로 나돌아 다니기가 힘들다.

이한열을 압박하려다가 거꾸로 절체절명의 위기를 느낀 이화동이 황급히 애걸복걸하기 시작했다. 마침내 자신의 위치를 자각했다.

"내가 잘못했다. 용서해다오."

이화동은 욕심에 눈이 멀어 이한열의 윗사람으로 대우 받으려고 너무 나섰다. 그렇지 않아도 눈엣가시였는데 더욱 이한열에게 찍혀 버렸다.

이화동은 방금 전에 있었던 일들을 가능하다면 지워 버리고만 싶었다.

하지만 이미 일은 벌어졌고, 물은 엎질러졌다.

"무엇을 잘못했다는 건지 모르겠네요."

"함부로 말한 내가 어리석었다. 반성하고 앞으로 잘할 테니 부디 이번 일을 잊어다오."

"과거에 했던 과오를 쉽게 잊어버리는 중부와 달리 저는 머리가 똑똑하다 보니 잊기가 힘들어요."

"제발 가문에서 쫓아내지 말아다오. 부탁이다."

이화동이 싹싹 빌었다.

그가 어떻게든 용서를 받으려고 노력했지만 이한열의 얼굴에는 차가운 기운만이 감돌았다.

이한열은 과거 그와 부모님을 힘들게 했던 이화동을 더욱 괴롭힐 작정이었다.

"하는 거 봐서요."

"고맙구나."

이화동이 희망을 가졌다가 이어지는 말에 얼굴을 잔뜩 구겼다.

"용서한다는 게 아니에요."

울상인 이화동의 표정이 이한열에게는 큰 즐거움이었다.

이한열은 어린 시절 부모님이 받았던 괴로움을 잊지 않고 있었다.

"그렇다면……."

"저보다 부모님에 대한 사과가 먼저겠지요."

스팟!

이한열의 눈동자에서 시퍼런 안광이 일렁였다.

그건 높은 위치에 있어 본 자만이 가질 수 있는 위엄이었다. 황실에서 높은 사람들과 어울리고 생활하면서 이한열은 평범한 사람을 압박할 수 있는 위엄을 얻었다.

부르르! 부르르!

마치 개구리가 뱀 앞에 선 것처럼 이화동이 몸을 부들부들 떨었다. 금방이라도 숨이 막혀 질식할 것만 같았다.

"찬성이와 제수씨에게 진심으로 고개 숙이면서 사과를 구하겠다."

"부모님께서 사과를 받으신 다음에 나머지 이야기를 하지요."

차가운 눈빛으로 이화동을 응시하던 이한열이 마지막 말을 끝으로 휘적휘적 지나쳐 갔다. 더 이상 이화동에게 신경 쓰기가 싫었다.

슥!

요란하게 흔들리는 눈빛의 이화동이 이한열을 바라보았다.

사실 그는 이한열을 기다리면서 막연한 기대감을 품고 있었다. 북경에서 출세한 이한열이 금의환향하면 자신의 조카이니 많은 걸 얻을 수도 있겠다고 생각했다.

하지만…….

방금 전 자신을 바라보던 차가운 시선에 오금이 저려 왔다.

"휴우! 무슨 눈빛이 저리도 매섭게 꽂히는 거냐? 영혼까지 꿰뚫리는 줄 알았네."

이화동은 땅이 꺼지도록 한숨을 내쉬었다.

이제 더 이상 이한열을 아랫사람이라고 함부로 대할 수 없게 됐다는 현실을 인정했다. 그리고 오체투지를 하는 한이 있더라도 이한열의 부모에게 용서를 구하겠다고 다짐하였다.

"한열이 왔구나! 문화전대학사에 오른 걸 축하한다."

"우리 가문의 자랑! 이한열 진사! 오랜만이다."

"나는 네가 성공할 줄 알았다."

"그동안 잘 지냈느냐?"

"오라버니! 안녕하세요."

"어렸을 때 함께 놀았던 선열이야. 북경으로 거처를 옮기게 됐는데 앞으로 가까이 지내자."

벌써 소문이 돌았는지 친척들이 우르르 몰려나와 이한열을 반겼다. 그들이 한꺼번에 이한열을 향해 말을 걸어 왔다.

그 때문에 이한열은 사랑하는 부모님을 만나기 위해 걸으면서 스무 명이 넘는 친척들에게 둘러싸였다. 완전히 빙 둘러싼 친척들 때문에 어느 순간 앞으로 나아가지 못했다.

'우리 집인데 부모님이 아니라 불편한 친척들을 먼저 만나는군.'

와그작!

이한열의 마음이 일그러졌다.

그렇지만 이한열이 불편한 마음을 최대한 감추었다.

속마음을 감추는 데 이골이 난 그가 반기는 친척들을 향해 예의 바르게 행동했다. 한 명이 아닌 스무 명 넘는 친척들에게 모질게 나섰다가는 구설수에 오른다는 사실을 잘 알았다.

"오랜만이네요. 잘 지내셨어요?"

"험! 네 덕분에 잘 지냈다."

문화전대학사에 오른 이한열의 싹싹한 인사를 받은 중년인이 얼굴 가득 웃음을 지었다.

"북경에 오면 연락해. 한 번 보자."

"고맙다."

이한열과 동갑인 이선열이 속으로 환호를 부르짖었다.

고향에서 한량으로 지내는 그는 벌써부터 장밋빛 희망에 부풀어 올랐다. 북경에서 잘나가는 이한열을 등에 업고 좋은 직장을 차지할 속셈이었다.

'한 번 보게 될 날이 언제 오게 될 지는 너도 모르고 나도 모르지.'

하지만 이한열은 이선열을 만날 생각이 없었다.

그냥 친척들에게 둘러싸여 있기에 내뱉은 말일 뿐이었다.

"얼굴이 더 예뻐졌구나. 이제 시집갈 날이 얼마 남지 않았겠는걸."

"부끄러워요."

십대 후반의 여자가 얼굴을 붉혔다.

"채령이가 시집갈 나이가 됐다. 아는 북경의 자제들 가운데 좋은 사람과 연결해 줄 수 있겠니?"

이채령의 어머니가 불쑥 물어 왔다.

그리고 그게 싫지 않은지 이채령이 고개를 푹 숙이고 치맛자락을 손으로 움켜쥐고 있었다.

'못생긴 얼굴과 별 볼 일 없는 배경을 가지고 북경의 전도유망한 자제와 연결해 달라고? 지금 그게 가능하다고 생각하는 겁니까?'

이한열은 속으로 기가 차지도 않았다.

친척들은 허무맹랑한 꿈을 꾸고 있었다.

사실 이한열이 작정하면 북경의 괜찮은 남자와 못생기고 별 볼 일 없는 이채령을 연결시켜 줄 수도 있었다. 결혼은 가문과 가문의 연결이었고, 이한열과 한 가문의 여식이라면 북경의 자제들도 이를 마다하지 않을 것이다.

그렇지만 이한열이 출세 가도를 달리는 것이지 친척들이 잘나가는 건 아니었다. 출세를 통해 얻은 것들을 친척들과 공유하고 싶은 생각은 없었다.

잘못했던 과오를 생각하지도 않고 얻을 것만 찾으려고 하는 친척들의 행동에 불쾌감을 넘어 혐오감까지 생겨났다.

"알아볼게요."

이한열이 말했다.

동창에서 사람들에 대한 정보를 읽은 적이 있기에 괜찮은 자제들이라면 이미 알고 있었지만 월하노인이 될 생각은 눈곱만치도 가지지 않았다.

그러면서도 어른들에게는 머리를 숙여 인사했고, 또래에게는 친근하게 웃으면서 말을 걸었고, 아랫사람에게는 편안하게 대했다.

참으로 겉과 속이 다른 이한열이었다.

"이씨 가문에 용이 태어났어."

"아무렴! 가문의 경사이지."

"이제 우리 가문은 잘나갈 일만 남았어."

친척들이 같은 가문이라는 점을 유난히 강조했다.

이씨의 핏줄을 함께 타고난 같은 뿌리라면서 이한열과의 유대감을 강하게 주장했다. 지금 우르르 몰려온 친척들은 하나같이 어렵게 살던 이한열과 그 부모에게 못되게 굴거나 외면한 사람들이었다. 그런 자들이 이한열이 출세하자 가장 먼저 달려와서 난리법석을 부렸다.

'젠장! 다 쓸어버려?'

지독한 혐오감에 이한열이 눈앞의 친척들을 모두 쓰러뜨릴까 하는 마음까지 먹었다. 하지만 그것이 불가능하다는 걸 잘 알았기에 참았다.

그가 웃는 낯으로 친척들을 대하면서 시간을 보내고 있을 때였다.

"한열아! 네가 왔구나."

그리운 목소리가 그의 이름을 불렀다.

꿈에도 그리던 어머니 오혜련이 달려오고 있었다.

"어머니! 너무 보고 싶었어요."

오혜련을 바라보는 이한열의 눈빛이 따뜻해졌다.

오혜련의 눈에 눈물이 글썽였다.

그 모습에 마음이 찡해져 온 이한열이 환하게 웃었다.

와락!

오혜련이 머리 하나 더 큰 이한열을 안았다.

다 큰 이한열이지만 그녀에게는 언제나 물가에 내놓은 어린아이일 뿐이었다. 북경에 홀로 이한열을 보내 놓고 많은 걱정을 했다.

"이게 꿈은 아니겠지?"

"꿈이 아니에요."

"정말 내 아들이 집에 온 거지?"

그녀가 이한열의 얼굴을 손바닥으로 쓰다듬으며 물었다.
그런 손을 이한열이 자신의 손으로 포갰다. 마음까지 따뜻해
지는 어머니의 사랑이 따뜻하게 스며들어 왔다.

"금의환향하여 돌아왔어요."

이한열이 어린아이처럼 자랑하듯 말했다.

칭찬을 받고 싶어 하는 마음이 유치했다.

"장하다."

그녀가 이한열의 머리를 쓰다듬어 줬다.

"어머니! 아버지는 어디에 계세요?"

"마실 나가셨다. 소식 전하라고 사람을 보냈다."

"여기서 이러지 말고 들어가요. 아버지께서 오시면 절부터
올려야겠어요."

"오냐! 그이가 오면 오랜만에 아들한테 절을 받아 보자."

모자가 두 손을 꼭 잡고 걸음을 옮겼다.

"어머니, 언제 한 번 채비를 갖춰 북경에 올라오세요. 제가
모실게요."

"암! 북경에 가 봐야지."

"황제 폐하께서 엄청난 크기의 대 저택을 하사해 주셨어
요."

"대단하구나."

이한열이 자랑했다.

황제 폐하가 하사한 형식이지만 실제로는 주수선이 준 것이었다. 북경에 대 저택을 가지고 싶다는 이한열의 꿈은 쉽게 이뤄졌다. 그리고 하사받은 대 저택이 무림의 혼란을 바로잡아야 할 청천장의 새로운 근거지로 탈바꿈하고 있었다.

"고향에 갔다 오겠다고 하니 진귀한 만년온옥 침대 등과 같은 선물까지 잔뜩 주셨어요."

만년온옥으로 만든 침대는 지금 운반되어 오고 있었다. 두 명이 넉넉하게 잘 수 있을 정도로 큰 침대는 만년온옥으로 만든 만큼 굉장히 무거웠다. 이를 운반하기 위해 동원된 사람들의 숫자만 해도 백 명이 넘었다.

몸에 좋은 만년온옥 침대에서 자면 무병장수할 수 있다는 속설이 있었다. 그런 만년온옥 침대는 주수선이 최측근인 이한열의 부모를 위해 특별히 하사한 물품이었다.

"성은이 망극하구나. 한시라도 황제 폐하의 은혜를 잊으면 안 된다."

"네! 성심성의껏 모시고 있어요."

"이제 죽어도 여한이 없다."

오혜련이 속 시원한 표정을 지었다.

이찬성에게 시집을 오고 난 뒤 그녀는 많은 마음고생을 해야만 했다. 과거를 준비하고 떨어지는 과정이 반복되면서 가세가 급격하게 기울었다. 그 과정에서 속이 문드러질 정도로 힘들었다.

그때의 슬프고 안타까웠던 감정들이 이한열의 성공으로 인해 시원하게 씻겨 나갔다.

"무슨 말도 안 되는 소리세요? 오래오래 편안하게 사셔야 해요. 제가 결혼하고 아이를 낳고, 그 아이가 손자를 낳는 것까지 보셔야지요."

이한열은 오혜련을 세상 누구보다 편안하게 모실 작정이었다.

악착같이 성공한 이유 가운데 가장 중대한 것이 바로 어머니였다. 어머니 오혜련을 위해서 미친 듯이 땀을 흘렸다. 이제야 땀의 열매가 맺혔는데, 어머니가 돌아가신다는 건 말이 안 됐다.

"그렇구나. 잘나가는 너를 보면서 행복하게 오랫동안 살아야지. 그래서 네가 낳은 아이가 장성한 모습까지 봐야겠어."

지금 워낙 행복했기에 오혜련은 더 이상 욕심을 부리지 않으려고 했다. 하지만 이한열의 말을 듣자 앞으로 누릴 것이 훨씬 많다는 걸 깨달았다.

"맞아요. 며느리들과 많은 손자들을 보고 키워 주셔야 해요."

"며느리들?"

"다다익선이라는 말처럼 한 명만 있으면 외롭잖아요."

"그것이 이럴 때 쓰는 말이니?"

"저는 홀로 자라서 외로웠어요. 많은 아이들로 떠들썩한 집안을 꾸리고 싶어요. 그러기 위해서는 부인들이 많아야 해요."

이한열이 어머니의 손을 따뜻하게 감싸 쥐었다.

세월의 흐름과 그동안의 고생 때문인지 손에 거친 주름이 져 있었다.

스윽! 슥!

그는 세상 그 무엇보다 부드러운 감촉에 따뜻한 온기가 감돌고 있는 오혜련의 손등을 부드럽게 쓸었다.

모자가 천천히 집 안으로 걸어 들어갔다.

이한열이 방 안에서 어머니와 단둘이 오붓하게 이야기를 나눴다.

"자주 찾아뵙도록 할게요."

"그럴 필요 없다."

바쁘게 보내는 아들에게 혹시라도 짐이 될까 봐 오혜련이 짐짓 고개를 흔들었다. 하지만 자주 만나 봤으면 하는 마음이 강했다.

"제가 못 오면 어머니께서 북경으로 오시면 되겠네요."

사실 이한열은 부모님을 북경으로 모시어서 함께 살고 싶었다.

하지만 그건 그만의 욕심으로 고향에서 지내고 싶다는 부모님의 의사 때문에 이뤄지지 않았다.

북경이 화려하고 멋진 도시임에는 틀림없지만 시골에 익숙한 부모님들에게는 거북한 곳이기도 했다. 이한열이 직접 경험해 봐서 잘 알았다. 부모님이 북경에서 살았다가는 눈 뜨고 코가 베일 수도 있었다.

평생 작은 마을에서 살아온 부모님에게는 좋거나 나쁘거나 고향이 편했다.

"그렇게 하마."

오혜련이 고개를 끄덕였다.

아들과 집에서 함께 이야기를 나누고 있다는 사실만으로도 즐거워했다. 소박하면서 소소한 일에서도 즐거움을 찾았다.

그녀는 소녀처럼 순박한 표정을 짓고 있었다.

'어머니가 좋아하시는 모습을 보니 너무나 기쁘다. 보석과 돈을 드리는 것보다 내가 한 번이라도 더 찾아오는 것이 진정한 효도구나.'

이한열이 시간 날 때마다 찾아뵙기로 다짐하면서 물끄러미 어머니를 바라보았다.

단정하게 빗은 검은 머리카락 사이로 군데군데 새치가 보였고, 얼굴에는 세월을 숨길 수 없는 주름이 자글자글 져 있었다.

'그간 너무 고생하셨어요. 이제부터 아들 덕을 톡톡히 보실 수 있을 거예요. 영약을 복용하시면 주름을 쫙 펼 수 있어요. 그러면 지금보다 이십 년은 젊어 보이실 겁니다.'

이한열이 어머니를 위해 착수해야 할 일로 가슴이 부풀어 올랐다. 죽어라고 출세를 한 이유에는 부모님에 대한 효도가 큰 비중을 차지했으니 당연했다.

"그런데 아버지께서 늦으시네요?"

"현감으로 계신 유대성 대인이 부르셔서 북종 마을로 가신 거라 오시려면 시간이 걸릴 거야."

"그렇군요."

"유대성 대인이 너에게 관심이 아주 많으시다."

"음······."

"대인의 셋째 따님이 참으로 절세미인이라고 하더구나. 그 쪽에서 혼담이 들어오고 있는데, 네 의견은 어떠하니?"

오혜련이 넌지시 물었다.

그녀는 하나뿐인 아들의 혼사가 걱정이었다.

출세 가도를 달리고 있지만 아들은 아직 홀로 지내고 있었다. 한시라도 빨리 결혼하여 후사를 이었으면 하는 것이 그녀의 마음이었다.

꿈틀!

이한열의 미간이 구겨졌다.

그가 어머니의 앞이기에 인상을 찌푸리지 않으려고 했지만 아까부터 한 단어가 그의 마음을 불편하게 만들었다. 불쾌한 마음을 애써 억누르면서 입을 열었다.

"앞으로는 그를 대인이라고 부르시지 마세요."

"무슨 소리니?"

"현감은 문화전대학사보다 품계가 낮아요. 현감이 저에게 대인이라고 칭해야 해요. 어머니께 유대성이 반대로 호칭을 높여야 한다는 말이지요."

일반 백성들이 접할 수 있는 관리들인 현감과 현령은 외직(지방직)의 밀단 기관장이다. 둘은 품계에서 차이가 난다. 현감이 종칠품인데 비해 현령은 정칠품의 품계를 지녔다.

현령이 한 등급 더 높은 셈이다.

현령은 만 호가 넘는 현의 우두머리를 현령이라고 한다. 품계는 천 석. 현의 모든 일을 총괄하며, 조정에서 직접 임명하는 지방 장관 중에서는 가장 낮다.

오혜련처럼 일반인들은 현령이라고 하면 엄청나게 높은 벼슬아치라고 여긴다.

하지만 현령은 외직의 말단 기관장에 불과하다.

같은 정칠품이라고 해도 황실에서 근무하는 관리와는 차원이 다르다. 문화전대학사에 비하면 현령은 까마득히 아래에 존재한다.

일반이라면 모를 수 있어도 현감이라면 관리들의 품계에 대해서 정통하다. 관리들의 세계에서는 품계가 한 단계만 차이가 나도 낮은 자가 상관을 향해 허리를 굽혀야 한다.

'언제 한 번 불러서 혼을 내야겠어. 정자에서 문화전대학사로 영전한 것이 언제인데 아직도 어머니께 대인 소리를 듣고 있는 거야? 그리고 버선발로 달려와도 부족할 판에 집구석에 편안하게 앉아 아버지를 불렀다고? 아주 죽으려고 환장했구나.'

이한열이 속으로 이를 갈았다.

좋은 관계를 다지려고 노력하던 현감이 사소하다면 사소하고 중대하다면 중대한 문제로 인해 까칠하고 소심한 이한열에게 찍혀 버렸다.

第二章

출세 가도

　이한열이 출세 가도를 씽씽 내달리자 도처에서 주워 먹을 걸 찾는 파리 떼들이 극성스럽게 달라붙었다.

　이한열의 금의환향 소식을 듣고 친지들이 더 몰려들었고, 그와 함께 마을 사람들까지 하나둘 모여들었다. 이한열은 이씨 집안의 자랑을 넘어 마을의 커다란 자랑거리였다.

　"우리 마을에서 용이 났어."

　"암! 용이지. 이한열은 하늘로 승천하는 용이야."

　개천에서 용이 난다는 말이 있다.

　용이 태어나게 되면 개천은 그냥 개천으로 머물지 않는다.

　이한열이 북경에서 출세 가도를 달리면서 마을은 알게 모르게 많은 혜택을 입었다. 마을을 가로지르면서 흘러가던 강 위에 다리가 놓였고, 비만 오면 흙탕물이 범벅이던 중심가의 길이 벽돌로 깔끔하게 정비됐다.

나라에서 많은 예산이 마을의 다리 건설과 길 정비 등에 쓰였다.

모두 이한열의 입김에 의한 것들이었다.

갑작스럽게 벌어진 일들에 모든 마을 사람들이 기뻐했다. 오랫동안 다리 건설을 원했지만 나라에서는 해 주지 않았던 일이다. 그랬던 걸 이한열이 쉽게 해결해 냈다.

"용이 왔는데 가만히 넘어갈 수는 없는 일이지."

"당연하지. 마을 잔치를 열자고."

"오늘 내가 돼지 잡는다."

"돼지 가지고 되겠는가? 나는 소를 내놓겠네."

"술은 내가 책임지지."

마을 사람들이 잔치를 벌이기로 했다.

이한열의 방문에 남녀노소 가리지 않고 모두가 기뻐하는 모습들이었다. 그들은 이한열이 자주 고향인 마을에 찾아오기를 원하고 있었다.

"오랜 시간 고생한 자네가 이제 아들 덕을 톡톡히 보는군. 될성부른 나무는 떡잎부터 알아본다고 어릴 때부터 남달리 영특하더니, 대단한 인물이 우리 마을에서 났어."

"훌륭한 아들을 두셔서 너무 든든하시겠어요!"

"아들 교육을 어떻게 시키셨어요? 비법 좀 알려 주세요."

수많은 사람들이 이한열과 부모님 주변에 몰려들어 말을 걸어 왔다.

"제가 한 것이 있나요? 한열이가 알아서 했어요."

오혜련은 이한열의 어린 시절만 떠올리면 가슴이 미어졌다. 영특한 이한열의 뒷바라지를 제대로 하지 못한다는 사실이 너무나도 서글펐다. 바느질을 하고 다른 집의 일들을 거들었지만 이한열을 배불리 먹이지도 못 했고, 비싼 책을 보며 글공부를 마음껏 하도록 해 주지도 못 했다.

이한열이 과거에서 떨어졌을 때, 그녀는 마치 자신의 잘못이라도 된 양 너무나도 죄스러워 남 몰래 눈물을 많이 흘렸다.

가난한 시절의 아픔들이 이한열의 성공 이후에도 그녀 가슴에는 평생 한으로 남아 있었다.

부모님의 남겨 주신 재산을 제대로 지키지 못한 이찬성도 오혜련과 마음이 다르지 않았다. 남자였기에 울지는 못 했지만 마음으로 울기도 많이 울었다.

부부는 보란 듯이 성공한 이한열이 너무나도 자랑스러웠다.

사람들의 칭찬을 듣고 있노라면 먹지 않아도 저절로 배가 불러 왔다.

"뒷바라지도 제대로 하지 못했는데 열심히 공부하더니 과
거에 떡 하니 붙더군요."

오혜련과 이찬성이 환한 웃음을 지으면서 사람들의 수많
은 이야기에 응답했다. 너무 많은 이야기들에 질릴 법도 할
텐데 지겨워하는 기색이 하나도 없었다. 오히려 이야기를 할
수록 더욱 즐거워했다.

"훗!"

부모님을 지켜보고 있던 이한열이 미소를 지었다.

부모님이 즐거워하는 모습에 절로 그의 마음이 풍요로워
졌다. 그의 마음에 살랑거리는 미풍과 함께 기쁨과 행복의
물결이 일었고, 성공하기 위해 땀 흘린 노력의 일부를 보상
받는 느낌에 마음이 따뜻해졌다.

"해 주신 것이 왜 없어요? 하늘보다 높은 부모님의 사랑
을 받고 자랐기에 지금의 제가 있는데요."

이한열이 반쯤은 혼잣말을 하듯 중얼거렸다.

그의 뇌리에 어렸을 때의 일들이 주마등처럼 스치고 지나
갔다. 명석한 뇌리에 새겨진 수많은 이야기들이 떠올랐다가
사라지기를 반복했다.

지나고 보니 모두가 추억이었다.

이한열은 힘들고 어려웠던 추억들이 부단히 쫓아왔기에

따라잡히지 않기 위해 계속 노력할 수 있었다. 그리고 그 추억들은 앞으로도 따라올 것이 분명했다.

"배움은 추억에서 오고, 현재는 과거에서 오는 법이지."

더 열심히 땀을 흘린다면 보다 나은 앞날을 만들어 갈 수 있음을 이한열은 분명하게 알았다. 그리고 쟁취하려고 하는 걸 찾기 위해 노력할 준비가 되어 있었다.

"네?"

"무슨 말씀이신지요?"

"고견을 알려 주십시오."

주변에 있던 사람들이 이한열에게 말을 걸어 왔다.

이한열은 부모님들보다 더욱 많은 사람들에게 둘러싸여 있었다. 특이하게도 남자들보다 화려하게 치장한 여자들이 더욱 많았다.

"한열 오빠! 저 기억해요. 미숙이에요."

"서당에서 함께 공부했던 향미야. 오랜만에 만났더니 너무 기쁘다. 오늘 밤에 시간 돼? 여유롭게 서당의 죽마고우들끼리 모여서 즐거운 시간을 보내자."

"가가! 저랑 결혼해요."

마을의 여자들이 이한열의 눈길을 한 번이라도 받기 위해 노력했다. 이한열의 첩 자리라도 차지한다면 그야말로 대박이라는 걸 잘 알았다.

하지만……

화려한 북경에서 생활한 이한열에게는 마을 여자들이 눈에 들어오지도 않았다. 제법 반반한 얼굴도 간혹 있기는 했지만 우아함과 기품 등의 품위가 부족하게 느껴졌다.

'뭐가 아쉬워서 너희들을 만나겠니? 그리고 서당의 죽마고우는 무슨 얼어 죽을 헛소리냐? 어린 시절 가난하다고 놀림 받았던 기억이 상당한데 말이야.'

소심한 이한열은 뒤끝이 상당했다.

서당을 다니면서 받았던 아픈 기억들이 머릿속에 차곡차곡 쌓여 있었다.

팩!

이한열이 고개를 돌리면서 여자들에게 관심도 기울이지 않았다.

"저의 아들을 축하해 주기 위해 오신 여러분들께 감사한 마음으로 잔치를 열겠습니다. 소와 돼지를 여러 마리 잡을 테니 마음껏 드시고 가십시오."

이찬성은 몰려든 마을 사람들에게 보답하는 마음으로 잔치를 벌이기로 했다.

"한열이가 저렇게 큰 걸 보면 대견스러우시겠어요."

"이제 며느리만 보시면 되겠네요. 떡두꺼비 같은 손자들만 낳으면 세상 부러울 것이 없으시겠지요."

"아주 참한 여식이 있는 집을 알고 있어요."

많은 사람들의 말에 오혜련이 눈물을 글썽거렸다.

상전벽해였다.

사람들은 참하다며 아는 아가씨나 딸을 서로 소개해 주지 못해 안달이었다. 하나같이 이한열이라는 일등 신랑감을 차지하기 위해 난리였다.

'이제 시작에 불과해요. 앞으로 더 행복하게 해 드릴게요.'

오혜련의 모습에 이한열의 마음이 뭉클해졌다.

오랫동안 그의 마음을 짓누르고 있던 응어리가 풀려 나가고 있었다. 이제는 불행을 떨쳐 버리고 행복한 날을 위해 앞으로 쭉쭉 뻗어 나가야 했다.

곧 잔치 소식이 퍼져 나갔고, 저택은 사람들로 북적거렸다. 사방이 시끄러웠다. 사람들의 시끄러운 목소리와 향긋한 음식 냄새가 마구 퍼져 나갔다.

배불리 먹을 수 있어 신바람이 난 아이들이 이리저리 뛰어 돌아다니며 까르르 웃고 있었다. 넓은 저택을 오가면서 숨바꼭질을 하기도 했고, 돌계단을 뛰어내리기도 했다. 시끄러운 아이들을 점잖게 타이르는 어른들도 연신 집을 구경하며 고기와 술을 먹기 바빴다. 거의 마을의 모든 사람들이 저택으로 몰려오고 있었다.

"세상에……."

"이게 집이야? 궁궐이야?"

처음으로 이한열의 집에 방문을 한 이들은 입을 떡 벌렸다. 평생을 노력해도 구할 수 없는 고래 등처럼 큰 덩치의 우아하면서 아름다운 저택에 압도당했다.

"북경에서 성공했다고 하더니 정말이었구나."

"문화전학사라고 했던가? 높은 벼슬에 올랐다고 했잖아."

"이 사람아! 정오품의 문화전대학사야. 일반 사람인 우리들에게는 하늘처럼 까마득히 높은 존재이지."

"현감보다 높은 건가?"

"저기를 봐! 유대성 현감이 연신 이한열에게 고개를 조아리고 있잖아. 현감은 문화전대학사 앞에서 먼지보다 못해."

일반인 대부분은 이한열이 과거에 급제하여 성공했다는 것만 알았지, 북경에서 얼마나 잘나가는지 제대로 알고 있지 못했다.

이한열의 출세 가도에 대해 알고 있는 사람들이 모르는 사람들에게 연신 이야기를 풀었다.

"식읍으로 받은 것만 해도 삼천 호야."

"세상에! 대단하다. 대대로 먹고살 수 있겠네."

"그것이 전부가 아니야. 이 집을 짓는 데 들어간 엄청난 돈을 모두 이한열 진사가 댔다는 이야기가 있어."

"사실이야. 내가 일부 들었는데 저택에 심어진 나무와 기화이초들 가운데에서는 남방에서 가져온 것들도 있다고 하더라. 그것들 가격이 어지간한 집보다 더 비싸다고 했어."

"입이 떡 벌어지네. 그럼 대체 저택을 만드는 데 얼마나 들어간 거야?"

"글쎄! 정확하게는 몰라. 하지만 황금 수백 냥이 들어갔다고 해. 황금 천 냥이 넘을 수도 있어."

황금 천 냥이면 은자로 이만 냥이다.

은자 한 냥으로 사 인 가족이 세 달을 배불리 살아갈 수 있었다. 현실적으로 사 인 가족이 일 년을 열심히 노력해도 황금 한 냥을 버는 것이 어려웠다.

황금 천 냥은 일반인들이 죽었다 깨어나도 바라볼 수 없는 높은 금액이었다.

부모님은 친척들을 비롯한 지인들과 다른 방에서 잔치를 즐기고 있었고, 이한열만 따로 관리들과 함께 시간을 보냈다.

'부모님들이 불편해하시니 어쩔 도리가 없지. 그리고 관리들과 할 이야기도 있으니 따로 시간을 가져도 나쁘지 않아.'

가장 상석에 앉은 이한열이 위엄 넘치는 시선으로 좌중을 압도했다. 조정에서 고위 관직을 비롯한 거물들을 상대하면서 터득한 기세가 이한열에게서는 자연스럽게 흘러나왔다.

이한열의 좌우로는 안찰사, 현감, 현령, 아전 등의 관리들이 착석해 있었다.

"안녕하십니까? 하급 관리 장정으로 있는 조소하입니다."

새롭게 들어선 관리 한 명이 이한열을 향해 허리를 꾸벅 숙였다.

"이쪽으로 앉게."

착석하고 있던 관리 한 명이 이한열에서 가장 멀리 떨어져 있는 빈 자리를 가리켰다. 지위에 따라 고위직은 이현열의 옆에 가까이 착석했고, 말단 관리는 가장 먼 곳에 앉아 있었다.

그런 모습을 이한열이 웃으면서 바라보고 있었다.

"대인! 그간 강녕하셨습니까?"

바짝 붙은 안찰사 진승평이 말을 걸어 왔다.

안찰사는 조정에서 파견되는 중앙 관리로 각 지역 수령의 비리에 대한 감찰과 동시에 회계 등을 맡아보는 사람이었다. 정오품에서부터 종육품의 중앙 관리들이 주로 파견된다.

품계가 비슷한 부분도 있었지만 이한열의 위치에서도 중앙 관리인 안찰사를 쉽게 처리할 수는 없었다.

"편안하게 지냈다네. 자네는 잘 지내셨는가?"

종육품의 진승평이었기에 이한열이 말을 편안하게 하였다.

"덕분에 잘 지냈습니다."

"여기까지는 어떤 일로 왔는가?"

"대인이 집에 오신다는 전갈을 전해 듣고 부리나케 달려왔습니다."

"허허허! 괜한 고생을 시켰군."

"고생이라니요. 대인을 뵙는다는 즐거운 생각에 먼 길이 가깝게만 느껴졌습니다. 이렇게 대인을 뵈면서 이야기를 나누니 정말로 기쁩니다."

"그렇게 생각해 주니 고맙네."

진승평이 반색하면서 이한열에게 가까이 다가서려고 노력했고, 좋은 게 좋은 거라고 이한열도 안찰사 진승평과 좋은 관계를 이어 나갔다.

"대인이 관청을 돌며 탐관오리들을 징치하고, 백성들을 구민하셨다는 이야기를 듣고 참으로 감탄했습니다. 관리들이 많이 모였는데 좋은 말씀 한 마디 해 주시지요."

인사치레로 적지 않은 금액을 바쳤던 진승평이 이한열에게 아첨을 하였다.

평소 백성 구민에 관심을 기울이는 관리보다 그렇지 않은 관리가 많은 것이 현실이었다. 그러면서도 실내에 모인 관리들 가운데 적지 않은 숫자가 이한열에게 인사치레를 행하였다. 한마디로 대다수 관리들이 기회주의자들이었다.

"대인의 조언을 듣고 싶습니다."

"동감입니다."

관리들이 일제히 찬성했다.

"좋은 말이라?"

이한열이 어떻게든 기회를 잡기 위해 얼굴도장을 찍으러 온 관리들을 일일이 살펴보면서 웃었다. 단순히 좋은 말만 해서는 관리들을 만족시킬 수 없다는 걸 잘 알았다.

"고견을 들려주십시오."

"귀를 씻고 경청하겠습니다."

"대인의 고견을 들을 수 있다니 영광입니다."

갑작스러운 부탁이었지만 이한열은 표정에 편안함을 유지했다. 관리로서 산전수전을 경험했기에 말 몇 마디 하는 건 그다지 어렵지 않았다. 다만 어떤 말을 할지 잠시 고민했을 뿐이었다.

"자고로 날려는 새는 먼저 날개를 접고, 달리려는 짐승은 다리를 구부리는 법이지."

하려는 말을 정한 이한열이 편안하게 입을 열었다.

"좋은 말씀입니다."

"금과옥조입니다. 가훈으로 삼겠습니다."

"잊지 않기 위해 적어놓으렵니다."

특별한 말이 아닌 좋은 덕담인 평범한 이야기에도 불구하고 사람들이 앞다퉈 가며 이한열의 눈에 들려고 난리쳤다. 이런 사소한 일도 윗사람의 눈에 들면 나중에 중대한 가치를 지니게 된다.

"나를 키운 힘은 바로 독서이지. 독서의 참된 가치는 자기 자신을 성장시키는 것이고, 그러한 성장을 통해 결국 인생이 달라져. 물론 사람의 성장과 발전에 책만 도움이 되는 건 아니야. 여행이나 직접 경험하는 것도 좋은 성장의 밑거름이 돼. 하지만 사람의 인생은 짧아. 그러한 측면을 고려할 때 투자 대비 효과는 책만 한 것이 없어."

사람은 오래 살아 봤자 백 년을 넘기 힘들다.

책에는 수천 년을 뛰어넘는 다양한 삶과 의식이 기록되어 있다. 한 사람이 직접 경험하는 것과는 도저히 비교가 되지 않는다.

독서를 많이 하는 사람은 수천 년의 삶과 의식을 공유할 수 있다.

"독서가 주는 황홀감과 희열은 말로 표현하기 힘들지요."

"참된 독서는 책과 하나가 되는 길이기도 합니다."

관리들이 독서의 좋은 점에 공감했다.

인간을 성장시키고 인생을 바꿀 수 있게 해 주는 것은 돈이 아니라 독서였다. 독서는 책을 읽으며 자신을 위대하게 조각하는 행위이기도 했다.

"독서로 인해 인생의 신기원을 맞이했지. 기적을 찾고 싶은가? 그럼 책을 파고들면 돼. 책 안에는 기적의 기회들이 널려 있으니까."

이한열이 담담하게 이야기했다.

사실 선인들은 후인들에게 출세를 위해 공부하면 공부도 잃고 자신도 잃는다고 조언한다. 출세를 위한 독서를 해서는 안 된다고 분명하게 밝힌다.

출세하기 위한 독서는 책이 전하고자 하는 참된 의미와 가치를 반감시키고, 자칫하면 욕망의 구렁텅이로 빠져 자신이 원하는 대로만 책을 이해하는 잘못을 저질러 버릴 수 있다.

독서를 수단으로 활용하는 걸 경계해야 한다.

"독서는 수단이 아닌 목적적 활동이 되어야 해."

"수단이란 말은 알겠는데 목적적 활동이란 무슨 의미인가요?"

"책을 읽는 것이 돈을 벌고 과거에 급제하여 신분 상승을 하는 등의 수단이 아닌 그 자체로 즐거움과 기쁨을 위한 목적이 되어야 한다는 뜻이지."

이한열이 웃으며 말했다.

그는 사실 목적이 아닌 수단으로 독서를 활용했기에 맹렬하게 몰입할 수 있었다. 겸연쩍은 부분이 없잖아 있었지만 전혀 내색하지 않았다.

"어떻게 그런 목적적 활동에 몰입할 수 있나요?"

"그저 책을 읽는 순간을 즐기면 그만이야. 책을 즐기다 보면 일상다반사들은 머릿속에서 지워지게 돼. 책을 한 장씩 넘기다 보면 세상을 다 가진 사람이 될 때가 있어."

이한열의 눈동자가 몽롱해졌다.

다른 모든 걸 잊어버리고 책만 보는 인생을 정말 최고였다.

비록 그가 독서를 수단으로 적극 활용하긴 했지만 진정 책 읽는 걸 즐긴 것은 사실이었다. 책 읽는 순간이 너무나도 즐거워서 끊임없이 빠져들 수 있었다. 불순한 의도로 책을 접한 경우가 많았지만 그에 비례하여 순수하게 책에 미칠 때도 많았다. 그렇기 때문에 결국 과거에 급제하여 진사가 되었고, 무림 고수가 되었고, 배교의 지존이 되었다.

선인들의 말은 틀리지 않다.

책은 그대로 책이지만 대하는 사람들의 마음가짐이 중요하다.

마치 영혼을 가졌다고 할까?

책은 순수한 마음으로 다가서는 사람에게 가지고 있는 모든 걸 활짝 보여 준다. 탁한 마음을 가지고 다가선 사람들에게는 가지고 있는 걸 다 보여 주지 않는다.

"천재는 노력하는 사람을 이길 수 없고, 노력하는 사람은 즐기는 사람을 이기지 못한다."

이한열이 단정했다.

즐기는 사람은 언제나 생기가 흐른다.

자기가 하고 싶은 일을 하기에 생기가 넘칠 수밖에 없다.

좋아하며 즐긴다!

그것은 최고의 힘이다.

욕심이 생기면 사람의 기가 분산되어 제대로 집중할 수 없게 된다.

이런 마음가짐은 독서에만 적용되는 것이 아니다.

무인들에게도 고스란히 통한다.

일례로 활을 쏠 때 마음이 청정한 상태에서 쏘면 백발백중할 수 있다. 하지만 꼭 맞혀야겠다는 욕망이 깃드는 순간 실수를 하게 된다.

이한열의 빠른 무공 습득과 무의 증진에는 기연도 있었지만 독서를 통한 마음가짐이 한몫을 톡톡히 해냈다.

경험을 통해 얻은 독서에 대한 깨달음을 이야기하고 있었지만 실내의 분위기가 평안하지만은 않았다. 안찰사를 비롯한 관리들의 얼굴이 살짝 찌푸려져 있었고, 심지어 휴지 조각처럼 일그러진 사람도 보였다.

'썩을! 내가 이런 이야기나 듣자고 먼 거리를 달려 여기까

58 진사무림

지 온지 알아?'

'환장하겠네.'

'미치겠다. 좋은 이야기를 들려 달라고 하니까 정작 헛소리만 해 대는구나. 이따위 말이 무슨 소용이야.'

관리들 모두가 독서의 중요성을 알고 있었다. 하지만 그 이야기를 지금 듣고 싶은 생각은 눈곱만치도 없었다.

그들은 순수하지 않은 목적과 의도를 가지고 이한열에게 접근했다.

그렇기에 깨달음 섞인 이한열의 이야기를 들으면서도 정작 그 깨달음을 얻어 내지 못했다.

"훗!"

이한열이 가볍게 웃었다.

실제로 경험해 봤기에 그는 눈앞 관리들의 마음을 너무 잘 알았다. 아무리 좋은 걸 알려 줘도 정작 당사자들이 느끼지 않으면 말짱 도루묵이었다.

"독서의 중요성을 이야기했으니, 이번에는 그 중요성을 실천할 수 있는 방안을 말하지."

불평불만을 드러내고 있는 사람들에게 이한열이 더 이상 뜸을 들이지 않고 선물 보따리를 풀기로 했다.

"암요! 자고로 실천이 중요하지요."

"영민한 진사님이시기에 역시 뒤따르는 조치가 있을 줄

알았습니다."

불평불만을 드러내고 있던 사람들이 재빨리 얼굴을 고치면서 저마다 입을 열었다.

불순한 의도로 접근한 자들에게는 목적보다 실천이 중요했다.

"남산서원의 분점을 마을에 열 계획이라네."

이한열이 아무 거리낌 없이 야심 찬 포부를 드러냈다.

북경에서도 이름을 떨치고 있는 남산서원은 이한열의 지원을 바탕으로 요즘 들어 더욱 잘나가고 있었다. 특히 주술과 환술을 동원한 이한열의 눈높이 교육이 대박을 냈다. 게다가 남산서원 맹방의 세력이 나날이 높아져 가고 있기에 출세하고 싶은 관리들은 어떻게든 남산서원에 들어가고 싶어했다.

"남산서원의 분점이 마을에 열린다고요?"

"정말이십니까?"

"제가 서원에 등원해도 될까요?"

시큰둥하게 있던 관리들이 저마다 뜨거운 관심을 드러냈다. 남산서원에 들어갈 수만 있다면 앞날을 보장받을 수 있다는 계산을 했다.

그리고 서원에 등원하지 않아도 지방에 생기는 명성 높은 서원은 그 자체로 힘이 있다.

바로 학연이었다.

조정의 관리들 사이에 가장 큰 힘을 발휘하는 것이 바로 학연이었다. 혈연이 가장 끈끈하기는 하지만 그 수가 지연과 학연에 비하면 턱없이 부족하다. 지연은 학연에 비해 끈끈함이 딸린다.

학연으로 똘똘 뭉친 학사들은 서로 앞에서 끌어 주고 뒤에서 밀어 준다. 학연을 바탕으로 한 당파까지 만들어 조정을 좌지우지하기까지 한다.

현재 이한열의 고향은 변변한 서원이 없기에 마을과 그 근방에서의 학연은 없다고 해도 과언이 아니었다. 남산서원의 등장은 뿔뿔이 흩어져 있는 학사들을 하나로 묶어 주는 지대한 역할을 한다.

그리고 남산서원에서 자주 만나다 보면 지연까지 생겨나게 된다.

남산서원 분점 개원은 단순한 일이 아니었다.

이름 높은 서원 하나의 파급력은 어마어마했다.

공부를 하고자 하는 학사들이 서원에 몰려든다. 서원에 들어서고 싶어 하는 학사들은 많지만 그 문은 무척이나 좁다. 경쟁이 치열하다 보니 자연스럽게 자식들 공부에 여념이 없는 어머니들의 치맛바람이 불어닥친다.

유명 서원 주변에는 서점과 필사소, 주점 등의 관계 업종

가게들이 우후죽순 들어서게 된다. 유명한 서원은 서원 자체로 멈추지 않고 사람들을 끌어 모으고, 마을의 경제를 활성화시킨다. 유명 서원이 들어섬으로 해서 마을이 도시로 바뀔 수도 있었다.

이름 높은 남산서원은 마을에 대격변을 일으킬 수 있는 힘을 가지고 있었다.

"마을은 내가 낙향한 뒤 돌아와야 할 고향이지. 그런 고향에 서원을 열고 싶은 건 내 오랜 꿈 가운데 하나였어."

이한열을 미래를 내다보았다.

벼슬아치가 북경에서 오랜 세월 머무르는 건 좋지 않았다. 황실과 조정에서 막강한 권력을 휘두른 고관대작들 가운데 북경에서 노년까지 살았던 자들의 말로는 딱히 좋지 않았다. 끝까지 권력을 손에서 놓지 않으려고 하다가 권력투쟁에서 밀려나 끔찍한 말로를 맞이했다.

이한열은 짧고 굵게 관직 생활을 한 뒤에 고향으로 낙향해서 편안한 삶을 보낼 생각이었다. 그렇기에 낙후된 고향을 발전시키기 위한 노력을 게을리 하지 않았다.

'북경에서의 화려한 생활을 고향에서도 즐길 수 있게 미리부터 마을을 발전시켜 놓아야 해. 기루도 몇 채 들어설 정도로 말이야. 그래야 재미있고 화려한 음주가무를 즐기며 말년을 보낼 수 있지.'

이한열의 속은 음흉했다.

끝없이 탐욕스러운 욕망을 드러내는 그는 자신을 잘 알고 있었다.

북경에서의 화려한 삶을 뒤로하고 낙향한 뒤의 삶에 재미를 주기 위해 미리미리 노력했다. 독서를 마음껏 하면서 학사들과 토론할 수 있는 남산서원과 밤 생활을 화려하게 즐길 수 있는 기루 몇 채면 어느 정도 만족을 할 수 있었다.

그가 큰 즐거움과 유익함, 재미와 배움을 모두 가지기 위해 노력했다. 성공에 대한 욕심과 집착이 너무 크기에 자신의 능력을 모두 발휘했다.

일반인들은 욕심과 집착 때문에 큰 문제를 일으키고는 하는데 이한열은 욕망을 영양분 삼아 더욱 무럭무럭 성장하고 있었다.

"참으로 현명하신 결정입니다."

"대인의 혜안에 감탄만 할 뿐입니다."

"마을의 발전을 위해 큰 결단을 하신 대인께 진심으로 감사드립니다."

앉은 자리에서 커다란 이득을 챙긴 관리들의 안색에 미소가 가득 넘쳤다.

"뜻 깊은 날 술이 빠질 수 없지. 한 잔씩들 하세."

이한열이 웃으면서 술잔을 높이 치켜들었다.

뒤따라서 관리들이 술잔을 하늘 높이 들어 올렸다.

사리사욕으로 똘똘 뭉친 실내가 후끈 달아올랐다.

'쳐내야 할 관리들이 많네. 가장 먼저 부모님에게 함부로 한 유대성 현감부터 쳐내야겠어.'

이한열의 눈빛이 웃는 가운데 차갑게 빛나고 있었다.

실내에 모인 관리들 가운데 이한열이 탐탁해하는 사람은 한 명도 없었다. 엉뚱하게도 찾아오지 않은 관리들 가운데 조정에 상신을 추천할 사람이 있었다.

'부모님이 계시는 곳인데, 탐관오리보다는 청백리가 좋지.'

이한열은 새롭게 현령으로 추천할 사람이 누가 있는지 고민했다.

관리들이 웃고 즐기는 가운데 사정의 칼바람이 날카롭게 불어닥치고 있었다.

第三章

갑질

불과 몇 년 전까지만 해도 이한열을 비롯한 이찬성과 오혜
련은 이씨 가문에서 소위 찬밥이었다. 가문 사람들이 서로 도
우면서 살아가야 한다고 하지만 그건 가난하고 못사는 이한
열 집안에게는 언감생심일 뿐이었다. 이씨 가문의 사람들 가
운데 이한열 집안을 살뜰하게 챙겨 준 사람은 한 명도 없었
다.

이한열을 공부시키기 위해 이리 뛰고 저리 뛰는 사이 오혜
련의 아름답고 윤기 넘치던 얼굴에는 주름이 자글자글해졌
고, 이찬성의 머리에는 새치가 가득해졌다.

이찬성과 오혜련은 그간 온갖 모욕을 감내하며 가문의 사

람들을 만나기 위해 발이 부르트도록 뛰어다녔다. 약간의 돈과 책 등의 지원을 받기 위해서였다. 사실 그 당시의 이야기를 꺼내면 책으로 수십 권을 집필할 수 있을 정도다. 마음고생을 심하게 했기에 강인하던 젊은 날의 모습은 사라지고 몸은 종이호랑이처럼 나약해졌다. 육체적으로 쇠퇴를 했지만 오히려 정신적으로는 비약적으로 성장했다.

늙는다는 것은 추하게 보이기도 한다.

그러나 그것은 인간을 고귀하게 만든다.

이한열의 성공은 부모의 헌신에 있었다.

부모의 헌신이 없었다면 이한열의 과거 급제도 없었고, 성공은 더더욱 없었다.

이한열의 이름이 모든 사람의 입에 오르내리면서 부모의 마음을 크게 충족시켰다.

아늑한 분위기의 실내에 따사로운 햇빛이 들어왔다.

누군가 부르고 있는 맑고 고운 여성의 노랫소리가 가야금 연주와 함께 들려왔다. 잔치를 위해서 급하게 불러들인 연주가들이었다.

마음이 맑아지는 은은한 향이 흘렀다.

향 가운데 최고라고 치는 가남이었다. 가남은 극히 적은 양만 만들어지기에 돈이 있다고 하더라도 구입하기가 대단히 어려웠다. 그래서 알고 있는 사람이 많지 않았다. 가남 다음으로 치는 향이 사람들이 잘 알고 있는 침향이었다.

"어머! 이게 무슨 향이에요? 마음이 절로 정화되는 느낌이
에요."

"정말 좋네요."

이씨 가문의 사람들이 옹기종기 모여 앉아서 떠들고 있었
다.

그들 가운데에는 이찬성과 오혜련에게 모질게 대한 사람
도 있었고, 심하게 모욕감을 준 자들도 있었다. 그런 자들일
수록 더욱 시끄럽게 목소리를 높였다.

"가남이라고 하는데, 한열이가 북경에서 보내 준 것이지
요. 오랜 시간 향을 맡으면 무병장수할 수 있다고 하더군요."

이찬성이 자랑이라도 하듯 이야기했다.

하늘은 구름 한 점 없이 맑다.

휘이잉! 휘이잉!

시원한 바람이 불어왔다.

새로운 날, 새로운 시작이었다.

요즘 들어 하루하루가 꿈만 같은 이찬성이었다. 출세 가도
를 맹렬하게 달리고 있는 이한열로 인해 그의 삶이 완전히 뒤
바뀌었다. 찬밥 취급을 받던 가문에서 대우가 변했다. 가문
의 사람들이 그를 마치 중요하고 고귀한 보석처럼 떠받들어
줬다.

이한열의 과거 급제 이후 그의 삶은 평안해졌다.

즐거운 시간이 천천히 흘러가고 있었다.

"가남이 무엇인가요?"

"무식한 놈! 가남은 천하제일향이야."

"세상에! 지금 내가 맡고 있는 향이 바로 돈이 있어도 구할 수 없는 진귀한 가남이구나."

"같은 무게의 황금보다 더 비싸다고 하더라!"

사람들이 연신 코를 벌렁거렸다.

태청궁에서 신선과 함께 노는 것이나 다를 바가 없다는 청량한 향기가 폐 속 가득 들어갔다 나오기를 반복했다. 그럴 때마다 사람들의 얼굴에 황홀함이 스치고 지나갔다.

"이건 용정차네요."

"허허허! 코와 입이 호강을 하는구나."

"용정차의 향과 가남의 향이 독특하게 어우러져요."

사람들이 탄성을 터트렸다.

천하제일차의 위치를 다투는 차들 가운데 용정차는 빠질 수가 없다. 용정차 역시 가남처럼 소량만 만들어졌고, 희소성 때문에 아무나 살 수 없었다.

이한열은 이제 아무나가 아닌 특별한 사람이었다.

그런 특별한 이한열이 부모님에게 각별한 사랑을 기울였다. 그 사랑의 행동 가운데 하나로 진귀한 물건들을 부모님에게 잔뜩 보냈다.

손님들을 응대하는 사랑방은 정말 환상적으로·꾸며져 있었다. 벽에 가볍게 걸려 있는 산수화들은 하나같이 보물로 대우받을 정도로 진귀했고, 은은한 광택을 뽐내는 가구들은 황실에 진상하는 장인들의 작품이었다. 사랑방에 있는 물건 하나의 가치만 해도 어지간한 집 한 채 가격을 훌쩍 뛰어넘었다.

물론 그런 가치를 이한열의 부모님은 제대로 알고 있지 못했다. 단지 좋고 괜찮은 물건이라고 생각할 뿐이었다.

사랑방 실내는 이한열이 얼마나 잘나가는지 단적으로 드러내는 또 하나의 모습이다. 사람들이 만나고 헤어지는 교차 지점이자 소통의 역할을 톡톡히 하는 사랑방이 이한열의 위세를 가문 사람들에게 확실하게 각인시켰다.

이찬성과 오혜련을 중심으로 모여 앉아 서로 안부를 묻고 가문의 새로운 소식과 즐거움을 공유했다. 그들 소식 가운데 태반이 이한열에 대한 이야기였다.

"한열이가 북경에서 엄청 잘나간다면서?"

"형님, 한열이가 얼마 전에 문화전대학사에 제수되었지요."

"군주마마의 총애가 남다르다고 들었는데, 사실인가요?"

"주수선 군주마마의 성은을 입고 있다 듣기는 했다."

이씨 가문 혈족들만 모여 있는 사랑방은 이한열 없는 이한열 이야기가 한창이었다.

"찬성 동생! 한열이가 돈을 많이 번다면서?"

이화동이 슬그머니 이찬성에게 말을 걸었다. 이한열에게 된통 당한 뒤로 이찬성에게 고개 숙여 사죄를 한 상태였다.

"그것까지는 모르겠습니다. 돈 이야기를 하는 아이가 아니어서요."

"집을 짓는데 황금 천 냥을 넘게 썼다면서요?"

"정말? 황금 천 냥이라고?"

"엄청난 금액이네."

황금 천 냥이라는 말에 실내에 모여 있는 이씨 가문 사람들이 동요했다. 집 한 채에 황금 천 냥이라니 입이 딱 벌어질 수밖에 없었다. 가장 부자라고 해 봐야 황금 이백 냥을 넘게 가지고 있지 못했다. 평생을 벌어도 황금 천 냥을 가질 수 없었다.

"집을 짓는 일꾼부터 해서 나무와 기화이초까지 모두 한열이가 알아서 진행했기에 얼마가 들어갔는지 알지 못해요."

어마어마한 액수를 전해 들은 이찬성이 방긋 웃으며 대답했다.

"사랑방만 봐도 돈 냄새가 폴폴 나는데……."

"모두 한열이가 보내 준 물건들입니다."

"한열이가 출세 가도를 달리고 있다는 사실은 모두가 알고 있는 사실일세. 가문에 용이 태어난 걸 혈족들 모두가 기뻐하고 있지. 그런데 말일세."

"말씀하시지요."

"용이 하늘로 승천하려면 구름을 만나 비를 내려야 하는 법일세."

"돌려서 말씀하시지 말고 편하게 이야기하세요."

"어렵고 힘들게 살아가고 있는 혈족들이 많네. 그런 혈족들을 도와 줘야 하지 않겠나?"

이화동이 본색을 드러냈다.

그는 비록 사죄를 하기는 했지만 여전히 물욕을 잔뜩 내비치고 있었다. 출세 가도를 달리고 있는 이한열 옆에 찰싹 달라붙어 콩고물이라도 얻어먹을 심산이었다.

"어렵고 힘들다면 도와야지요."

성격이 모질지 않은 이찬성이 고개를 끄덕였다.

가문의 일을 적극적으로 도맡아 하지는 못할지라도 어렵고 힘든 혈족들을 신경 써 줄 생각은 있었다. 정이 많고 자상하면서도 강단이 있는 성격이었다. 그렇기에 묵묵히 궂은일을 도맡아 하고는 했다. 누가 시키지 않았는데 장마로 인해 무너진 마을 징검다리와 축대를 보수한 적도 있었다.

'이한열이 비록 출세 가도를 달리고 있지만 마음가짐은 아

버지만 못하다.'

마을 어른들이 착하고 뜨거운 마음의 이찬성을 칭찬했다.

혈족들은 차갑고 싸늘하면서 할 말 다하는 이한열이 어려워 이찬성과 오혜련에게 접근했다. 한 번 다가섰다가 크게 데인 이화동의 이야기를 들은 뒤에 까칠한 이한열에게 함부로 다가설 수가 없었다. 과거에 급제하기 전까지 이한열과 친하게 지낸 친척들은 존재하지 않는다고 봐도 무방했다.

"동생, 내가 요즘 사업이 어려운데 자금을 빌려줄 수 있겠나?"

"이번에 집을 넓히려고 하는 데 도와주세요."

"장남을 북경으로 유학 보내려고 해요. 학비 좀 보태 주세요. 아니면 한열이에게 부탁해서 북경의 남산서원에 넣어 주셔도 좋아요."

마치 먹잇감을 발견한 승냥이들처럼 혈족들이 서로 목소리를 높였다.

이한열의 성공을 순수하게 축하해 주려는 친족들도 있었다. 하지만 특별히 해 주는 것이 없다고 불평을 하고 있는 사람들도 분명히 있었다.

이번 기회에 한몫 단단히 챙기려는 친족들의 눈빛이 빛났다.

"예나 지금이나 화동 형님은 사업이 잘 나가시잖아요. 자연아! 삼 년 전에 옆집 땅을 매입해서 새롭게 저택을 증축해 놓고 또 한다고? 승연아! 장남을 공부시키는 데 있어 부족함이 없는 네가 나한테 손을 벌리면 안 되는 거다."

이찬성은 마음이 불편했다.

정말 어려운 형편의 친족과 혈족들에게는 가지고 있는 재산을 풀어 줄 수 있었다. 하지만 비단옷을 입고 소위 얼굴에 개기름이 좔좔 흐르고 있는 사람들에게까지 돈을 퍼 줄 수는 없는 노릇이었다.

"시절이 어지럽잖니, 그로 인해 요즘 사업이 어렵다. 점원들에게 월급을 주지도 못하고 있는 실정이야."

"오빠! 식구들이 점점 늘어나고 있어서 집이 정말 작아요. 그래서 새로 넓히려고 하는 거예요. 제발 도와주세요."

"북경 유학에 들어가는 돈이 한두 푼이 아니에요. 북경에 장남을 보내려고 알아보았는데 집안 기둥뿌리가 뽑혀져 나갈 지경이에요."

얼굴에 철판을 깔은 세 사람이 다시금 이찬성을 붙잡고 늘어졌다.

"안 됩니다."

이찬성이 딱 잘라서 거절했다.

"찬성아! 너 이러는 거 아니다. 어려울 때 내가 돈을 빌려주지 않았느냐?"

"집에 먹을거리가 없다고 해서 쌀을 주기도 했는데, 너무하세요."

"형님, 너무 야박하시네요. 한열이 공부하라고 책을 많이 줬었잖아요."

세 사람이 과거의 일까지 들먹거리면서 이찬성을 압박했다.

"무슨 말을 그렇게 하는지 모르겠네요. 화동 형님에게 빌린 돈은 이자까지 쳐서 돌려 드렸습니다. 자연아! 네가 줬던 쌀 한 섬은 이듬해에 두 섬으로 줬다. 승연아! 책값은 지불하고 가져왔다."

이찬성이 얼굴을 딱딱하게 굳혀가면서 분명하게 이야기했다.

어려울 때 도움을 받은 부분도 있지만 그보다 더욱 많은 것으로 보답했다. 솔직한 심정으로 세 사람이 너무한 면도 적지 않게 있다고 생각했다.

잊어버리고 마음 한쪽에 쌓아 뒀던 설움이 이번 기회에 표출됐다.

"험! 피를 이은 우리 사이에 뭘 그렇게 딱딱하게 이야기하나? 그냥 서로 돕고 살자는 의미로 한 말이다."

"맞아요. 우리는 혈족이잖아요."

"뭘 그렇게 따지고 그러세요. 친족끼리 어려울 때 돕고 사는 거지요."

과거 이야기가 역효과를 불러오자 세 사람이 태도를 바꿔 버렸다.

혈족!

인간이 냉혹한 세상을 살아감에 있어 혈족은 참으로 중요 하다. 혈족끼리 도우면서 세상의 험난한 일을 헤쳐 나간다.

"서로 돕고 사는 혈족이라, 참으로 좋은 말이지요."

"그렇지."

"잘 생각하셨어요. 결국 옆에 남는 자들은 피를 이은 자들 뿐이에요."

"가문의 소통은 약해졌지요. 특히 저를 비롯해 없이 사는 사람들은 혈족의 따뜻함을 많이 느끼지 못했어요."

이찬성이 세 사람의 이야기에 찬물을 확 끼얹었다.

대우받지 못한 시기와 환경을 오랜 시간 거쳐 왔었기에 혈 족들에게 불만을 가지고 있었다. 그런 불만이 돈을 강탈해 가려는 철면피한 친족들을 보면서 폭발했다.

그는 이런 사람들과 한자리에 앉아서 이야기를 하고 싶지 않았다.

"험! 이제부터라도 소통을 원활히 할 수 있도록 자주 모임 을 갖자."

이화동이 끝까지 포기를 하지 않았다.

"찬성이에요. 지난 불미스러운 일들을 잊어버리고 앞으로 화목하게 지내요."

"피를 이은 혈족의 모임이라 좋네요."

"혈족끼리 자주 모이면 좋지요. 보지 못하면 거리가 멀어지는 법이지요."

"동생, 그런 의미에서 모임에 돈을 좀 보태면 어떤가?"

"돈이라니요? 형님, 제가 돈이 어디 있다고 자꾸 돈 이야기를 하시는 겁니까?"

마치 일전에 돈이라도 맡긴 것처럼 나서는 이화동을 비롯한 혈족들의 행태에 이찬성이 뜨악한 표정을 지었다.

"사랑방만 해도 어마어마한 돈의 가치를 가지고 있지 않은가? 조금만 보태면 혈족들이 편안해질 수 있어. 너무 인색하면 혈족들이 섭섭하게 생각을 한다네."

"사랑방을 비롯한 저택과 물건들은 모두 한열이의 것입니다. 저는 단지 잠시 빌려 쓰고 있다고 생각하고 있습니다."

이찬성은 이한열로 인해 커다란 혜택을 누리고 있었다. 하지만 그건 잠시 빌린 것이라고 생각하면서 자기 분수를 지키려고 노력했다.

아들인 이한열이 잘나가는 고관대작일 뿐 이찬성은 그냥 시골 마을의 중년인일 뿐이었다. 별다른 노력도 없이 아들 덕에 호강을 하고 있는 것에 만족했다.

"신체발부 수지부모라! 자식의 것은 모두 부모의 것이 아니겠나? 혈족들이 가난하고 힘든데 도와주면 모두가 행복해질 수 있음이야. 자네들이 있는 건 모두 가문의 덕이기도 해. 자네와 처의 큰 행복을 우리들도 작게나마 함께 누리자는 것이 잘못인가?"

"가문의 덕이 있었음을 부정하지는 않습니다. 하지만 가문의 폐가 있었음도 잊지 않으셔야 합니다. 아들의 성공으로 저와 처가 행복해하는 것이 잘못됐습니까? 이런 말까지는 하지 않으려고 했는데, 형님이 저희 집에까지 와서 했던 말이 아직도 가슴에서 잊히지 않습니다. 그런데 지금 이런 말을 들으니 참으로 어이가 없네요."

얼굴까지 붉어질 정도로 이찬성은 기분이 많이 상해 있었다. 오랜만에 금의환향을 한 아들을 만나 기분이 하늘을 날아갈 정도로 좋았었지만, 친족들과의 만남으로 인해 틀어져 버렸다. 이한열의 고향 방문 소식을 접하자마자 달려온 친족들의 모습에서 심상치 않은 걸 느꼈다. 하지만 이렇게 속물처럼 나올 줄을 미처 몰랐다.

사실 먹고 살기도 힘들 정도로 지내는 혈족들은 저택에 찾아오지를 않았다. 하루 벌어 하루 먹고 살아가야 하는 형편이었기에 움직일 여유가 없었던 것이다.

저택에 모인 혈족들은 좋은 집에서 하인을 두고 살아갈 정도로 여유로웠다. 이화동처럼 많은 논밭과 상점을 가지고 있는 부자도 있었다.

"앞으로 가문의 덕 이야기는 제 처 앞에서 하지 마세요. 또 다시 이런 이야기가 나오면 제가 어떻게 행동할지 장담할 수 없어요."

이찬성의 눈에서 불꽃이 튀었다.

그는 자신의 고생도 고생이었지만 부인 오혜련의 아픔이 더욱 심하다는 걸 알았다. 그렇기에 알게 모르게 이한열의 덕을 보게 할 작정이었다. 이한열을 배경으로 해서 관청에 직을 두게 된 오혜련 가문의 아이들이 바로 그런 일들 가운데 하나였다.

한쪽에 말없이 있는 오혜련을 봐서라도 이씨 가문의 혈족들이 이래서는 안 되는 일이었다.

"……"

오혜련이 한쪽에서 입술을 꾹 다물고 말없이 있었다.

하지만 그녀의 눈빛은 매섭게 타올랐다.

사실 모멸감으로 따지면 이찬성보다 오혜련이 훨씬 많이 경험했다. 겨우 쌀 한 되를 얻기 위해 수십 번 허리를 숙였던 적도 있었다. 그래도 그때는 자식과 남편에게 밥을 먹일 수 있다는 사실에 모멸감을 버틸 수 있었다.

이한열이 과거에 연거푸 떨어지자 이씨 가문에서의 지원은

뚝 끊어졌다. 그 결과 집안에 쌀과 장작이 끊기는 일이 지속적으로 발생하게 됐다.

이한열의 과거 급제까지 세 가족의 고난은 끊임없이 이어졌다.

그때 당시의 아픔과 설움은 말로 표현할 길이 없었다.

그녀는 오로지 이한열의 과거 급제를 확신하면서 갖은 모멸을 버티며 기다렸다. 오랜 시간 받으며 축적됐던 모멸감이 확고한 의지를 담아 이야기하고 있는 남편과 더욱 크게 성장하고 있는 아들로부터 보상을 받고 있었다.

"험!"

"미안해요. 형수님!"

"앞으로 자주 찾아뵐게요. 언니!"

사실 이씨 가문의 사람들은 오혜련에 대한 험담을 늘어놓고는 하였다. 학자 집안인 그들 가문에 비해 중인 신분인 오혜련 가문이 상대적으로 낮았기 때문이었다. 낮은 신분의 오혜련을 가문에 받아들인 사실 때문에 크게 분노를 한 어르신들이 많았고, 그런 영향 탓에 오혜련은 이씨 가문 사람들에게 눈엣가시가 되었다.

오혜련의 모진 설움은 이찬성과의 결혼 당시부터 시작되어 왔다. 그리고 그런 모욕이 이한열의 과거 합격 전까지 쭉 이어졌다.

가문의 어른들에게 불평불만을 터트릴 수도 없는 이찬성의 입장에서는 환장할 노릇이었다. 그저 꾹 참고 버티면서 시간만 보냈을 뿐이었다. 그리고 시간이 흘러 결혼을 반대했던 가문의 어르신들은 모두 고인이 되셨다. 그러나 아직도 오혜련을 비천하게 보는 가문의 시선은 남아 있었다.

　"저희 부부가 가문의 사람을 도울 일이 있으면 돕겠어요. 하지만 예나 지금이나 저희 부부는 가난해요. 한열이가 열심히 노력해서 부자가 된 것이지, 저희가 부자는 아니지요. 한열이 돈은 저희 돈이 아니라는 사실을 분명히 아셔야 해요. 정말로 돈이 필요하셔서 도움을 원하시면 저희가 아닌 한열이에게 가서 말씀해 주세요. 한열이가 도와준다고 하면 저희 부부는 따를 생각이에요."

　얼굴을 딱딱하게 굳히고 있는 오혜련이 실내의 모든 사람들을 바라보며 분명하게 이야기했다.

　"지금 옆방에서 관리들과 있는 한열이를 불러올까요?"

　그녀는 자식인 이한열의 뒤끝 작렬하는 성격을 알고 있었다.

　그리고 그녀 역시 뒤끝이 있는 편이었다.

　뒤끝을 작렬시키는 데 있어서는 참으로 닮은 모자였다.

　"험! 됐습니다."

　"아니요. 괜찮아요. 지금은 한열이가 바쁜 것 같으니 나중에 시간이 날 때 이야기해 볼게요."

"생각해 보니까 지금 집을 넓히지 않아도 되겠어요."

까칠한 성격의 이한열에게 도움을 청하기 어렵다는 걸 알고 있는 세 사람이 합죽이가 되거나 부탁을 철회했다. 힘든 형편 때문에 도와 달라는 것이 아니었다.

나름 부유하게 살고 있는 그들의 청탁을 전해 들은 이한열이 어떻게 나설까?

이한열이 까칠하게 나설 것이 확실했다.

"언제라도 돈이 필요하시면 말씀하세요. 제가 한열이에게 잘 말할 테니까요."

오혜련이 화사하게 웃으며 말했다.

십 년 묵은 체증이 확 내려가는 것처럼 환한 웃음이었다.

잘 말해 준다고 했는데, 그것이 오히려 더욱 무섭게 생각되는 이씨 가문의 사람들이었다.

"허험! 됐다니까요."

"정말로 괜찮아요."

"너무 신경 쓰지 않으셔도 돼요."

이찬성와 오혜련 부부를 압박해서 돈을 뜯어내려고 했던 사람들이 연신 헛기침을 하거나 손사래를 쳤다.

"훗!"

당황하는 사람들의 모습을 보면서 오혜련이 흐뭇한 웃음

을 감추지 못했다. 표정 관리를 할 수 있는 법인데 그러지 않고 당당하게 감정을 내보였다.

갑!

그녀는 지금 이씨 가문의 사람들에게 압도적으로 높은 위치에 선 갑이었다. 오랜 세월 받아 왔던 을의 서러움을 보상받기 위해 갑질을 했다.

그녀의 갑질은 아직 끝나지 않았다.

"집에 쌀 없는 집이 있나요? 배고프게 살아봤기에 기아의 아픔을 잘 알아요. 굶주리고 있는 집이 있다면 제가 한열이를 닦달해서라도 지원을 하라고 시키겠어요."

"……."

"……."

이씨 가문의 사람들이 일제히 입을 열지 못했다.

지금 자리에 있는 자들은 삼시 세끼 하얀 쌀밥을 먹고, 후식으로 과일과 차를 먹는 사람들이었다. 시골에서 잘사는 사람들이었기에 오혜련이 도움을 청하러 다니고는 했었다.

"옷을 누벼서 입는 집이 있나요? 있다면 제가 한열이에게 부탁해서 비단옷을 드리도록 하겠어요."

"……."

"……."

차가운 얼음물이라도 끼얹은 것처럼 실내가 조용해졌다.

"가난한 사람들의 자력갱생이 얼마나 어려운지 잘 알고 있어요. 쌀이 끊어지고, 입을 옷이 없어서 기존의 옷을 누벼서 아이에게 입힐 때는 정말 참혹하더군요. 도움이 필요하시면 언제라도 와서 말씀하세요. 저는 어렵고 힘든 혈족들을 도울 준비가 되어 있어요."

그녀의 음성에는 과거의 안타까움과 현재의 시원함이 동시에 깃들어 있었다. 현실적이면서 실용적으로 살아가는 그녀의 뒤끝 넘치는 갑질이었다.

"비 온 뒤에 성숙해진다는 말이 있지요. 고난의 시기일 때는 참혹했는데, 넘기고 나니 얻은 것들도 있네요. 가난 속에서 살아남는 현명함과 유연함을 배웠고, 가족끼리 똘똘 뭉치는 따뜻함을 가질 수 있었지요. 여기에 계신 여러분의 덕분이에요. 정말로 감사드려요."

그녀가 실내의 분위기를 완전히 휘어잡았다.

철면피 인간들로 득시글거리고 있었지만 그 누구도 감히 한 마디 내뱉을 수 없었다. 그녀는 완전히 독보적이었다. 오혜련이라는 여인은 약했지만 이한열의 어머니는 강했다.

오혜련을 무시해 왔던 이씨 가문의 사람들이 침묵하면서 눈치만 살피고 있었다. 몇몇이 불편한 기색을 내비치고 있었지만 입 밖으로 내뱉지는 못했다.

사실 오혜련이 이씨 가문의 사람들을 놀리는 면도 없잖아 있었다.

그렇기에 치욕감을 받은 사람들이 벌떡 자리에서 일어나 반발을 할 수도 있는 상황이었다. 그러나 오혜련의 뒤에 이한열이 버티고 있었기에 감히 행동으로 옮기지 못했다.

그들은 떠날 수가 없었다.

'젠장! 상을 뒤집어엎고 나가고 싶다. 하지만 그럴 수는 없지. 어떻게든 한열이 옆에 찰싹 달라붙어서 이득을 챙겨야 해.'

'수모는 찰나이고, 부귀영화는 영원하다.'

'버티자. 버티면 돈이 된다.'

탐욕과 욕망을 가진 사람들은 오혜련의 구박 아닌 구박 앞에서도 버텼다. 엉덩이를 무겁게 하고 제자리를 묵묵히 지켰다.

저택에 몰려든 친인척들치고 이한열의 강력한 힘과 위상을 모르는 사람은 없었다. 같은 가문 사람이었기에 받고 있는 혜택만 해도 평소 받지 못하던 수준이었다.

이한열이 사소하게라도 신경을 써 준다면?

이씨 가문의 사람들에게는 환한 미래가 밝혀지게 된다.

이한열의 행동에 따라 그들은 시골에서만 잘나가는 것이 아니라 북경에서도 떵떵거리며 살아갈 수도 있었다. 탐욕에 집착하면 할수록 이한열의 위상 앞에서 더욱 굴복해야만 하는 처지로 전락하였다.

'헉! 양처럼 순한 줄 알았는데, 저런 면이 있었네.'

한쪽에서 입을 떡 벌리고 놀란 표정의 이찬성이 보였다.

그는 처음으로 발견한 오혜련의 앙칼질 모습이 무척이나 낯설었다. 하지만 기분이 절로 좋아지고 있었다. 무시와 구박에 익숙했던 오혜련이 분연히 떨치고 일어난 모습에 찬사를 보내고 있었다. 만약 가문의 사람들이 없었다면 박수를 치면서 호탕하게 웃었을 것이다.

슬쩍!

혹시라도 가문 사람들에게 갑질을 한다고 싫어할 수도 있기에 오혜련이 이찬성의 눈치를 살폈다.

'좋아하네.'

그녀는 입가를 씰룩거리면서 웃고 있는 이찬성의 모습에 안도했다. 오랜 세월 함께 살아왔기에 이찬성의 표정이 무슨 의미인지 단번에 알아차렸다.

'마음껏 갑질을 하게나.'

이찬성은 속으로 오혜련을 응원했다.

그는 오혜련의 갑질을 보면서 눈물을 터트릴 뻔했다.

'그대가 받았던 아픔은 모두 나의 부족함에서 시작되었으니……'

남몰래 오열하던 오혜련의 모습을 수없이 지켜봤던 그는

죄인의 심정이었다. 남편의 무능력으로 인해 비참하게 살아 왔던 오혜련의 모습이 뇌리에 떠올랐다. 초라했던 삶을 떠올리면 그냥 걷잡을 수 없는 눈물이 쏟아질 것만 같았다.

'나처럼 무능력한 남자를 끝까지 포기하지 않고 함께 살아주어서 고맙소.'

이찬성이 오혜련에게 살짝 고개를 숙였다.

이씨 가문 사람들을 상대로 하고 있는 갑질은 한 많은 여인 오혜련이 자신의 아픔을 온전히 보듬고 해소하는 과정이었다. 그녀의 아팠던 울음이 지금 풀려 나가고 있었다.

이제 그녀의 갑질을 막을 수 있는 사람은 없었다.

아니, 한 명이 밖에 있었다.

'어머니도 꽤 하시네.'

관리들과의 자리를 파한 이한열이 문밖에서 흐뭇하게 웃고 있었다. 문이 닫혀 있었지만 백장 밖의 개미가 기어가는 소리도 들을 수 있었기에 안에서 무슨 이야기가 오가는지 생생하게 듣고 있었다.

이한열 역시 오혜련의 아픔을 잘 이해하고 있었다.

남몰래 오열하던 오혜련의 슬픈 울음소리는 이한열에게 있어 일종의 죽비였다. 나태하고 게을러지려고 할 때마다 정신을 번쩍 깨워 줬다.

'아름다운 순간이야.'

씨익!

착하고 편해 보이는 웃음이 이한열의 입가에 피어났다.

오혜련의 행복한 음성과 편안한 얼굴이 눈앞에 그려지고 있는 지금, 이한열은 집에 귀가를 해서 가장 큰 행복을 맛보고 있었다. 오혜련의 앙칼진 모습이 마음의 전율스러운 울림을 점점 크게 만들어 주고 있었다.

이런저런 이야기 속에서 오혜련의 삶의 굴곡이 풀어지고 있었다.

뚝!

오혜련의 목소리가 멈췄다.

이씨 가문의 사람들이 침묵하고 있었기에 실내의 분위기는 굉장히 무거웠다. 갑자기 시간이 멈춰 버린 듯 묵직함만이 떠돌았다.

그때였다.

드륵!

문 열리는 소리가 무척이나 크게 울렸다.

햇살을 받으면서 이한열이 안으로 모습을 드러냈다. 자연스럽게 피어난 묵직한 위엄을 동반하면서 발걸음도 가볍게 들어섰다.

그 모습이 이씨 가문의 사람들에게는 경외감을 떠올리게 만들었고, 그의 부모님에게는 순수하고 맑은 웃음을 피어나게 만들었다.

"무슨 이야기를 재미있게 하시고 계셨어요?"

"그냥 살아온 이야기를 하고 있었단다."

이한열과 눈을 마주친 오혜련이 활발한 음성으로 이야기했다.

이씨 가문의 사람들이 귀를 쫑긋 세우고 모자의 이야기를 듣고 있었다. 혹시라도 오혜련이 이한열에게 지금까지의 일을 이야기할 수도 있어 전전긍긍했다. 가시방석에 앉은 것처럼 불안한 표정이었다.

'나는 어머니처럼 두루뭉술하게 넘어가지 않아.'

이미 일이 어떻게 진행되었는지 알고 있는 이한열의 눈에 차가운 빛이 번뜩였다가 사라졌다. 애당초 몰랐다면 그냥 넘어갈 수 있지만 알게 된 이후의 이야기는 달라진다. 두 번 다시 오혜련에게 함부로 하지 못하게 만들겠다는 의지가 무럭무럭 솟구쳤다.

"오랜만에 뵙는 분들이 많네요."

이한열이 이씨 가문의 사람들과 시선을 마주치며 사람 좋게 이야기했다.

"한열아! 오랜만이다."

"잘 지냈니?"

"신수가 훤해졌구나. 정말 보기 좋다."

이씨 가문의 사람들이 앞다퉈 가면서 이한열에게 말을 걸었다.

그들은 까칠한 성격인 이한열의 앞에서는 돈 이야기를 꺼내지 못했다.

그런데…….

정작 이한열이 그 이야기를 꺼내 들었다.

"들어오다가 들었는데, 돈이 필요하신 분들이 있다고요? 말씀해 보세요."

"험!"

"아니다."

"그런 소리 한 적 없다."

돈을 구걸하던 세 사람이 이한열의 시선을 피했다.

이한열이 가늘게 눈을 치켜뜨고 세 사람을 비롯한 이씨 가문의 사람들을 살폈다. 활발하면서도 냉혹한 기운을 숨기지 않고 뿜어냈다.

고관대작으로 있으며 체득한 위엄과 함께 좌중을 압도하는 무인의 기세가 뿜어졌다. 이씨 가문의 사람들이 압도적인 기운 앞에서 일순간 제압됐다.

일반인들과 만날 때 이한열이 자연스러운 위엄뿐 아니라 무인의 힘까지 표출하는 건 드물었다. 하지만 가문의 사람들을 상대로 하는 지금은 스스로 원해서 두 기운을 모두 동원했다.

덕분에 이씨 가문의 사람들은 이한열의 위력을 제대로 실감하고 있었다. 서툰 짓을 했다가는 내쳐질 수도 있다는 생각이 절로 마음속에 떠올라 흠칫 떨고 있었다.

'밟을 수 있을 때 밟아야 해. 그래야 감히 반발을 할 생각을 못하지.'

이한열은 효과를 극대화시키는 방법을 잘 알았다.

높은 위치에 오르게 되면서 감정에 충실해진 그는 때와 장소에 따라 본능대로 행동했다. 살다 보면 감정 표현을 해야만 할 때가 있었다.

한 번 호구는 영원한 호구였다.

이씨 가문의 사람들에게 부모님과 자신이 무턱대고 팍팍 퍼 주는 사람들이 아니라는 걸 보여 줘야만 했다.

"요즘 사업이 어려우시다고요?"

"그렇기는 한데……."

"세무조사를 한 번 해 봐야겠네요. 무엇이 잘못되었는지 알아야 도와 드릴 수 있으니까요."

"헉! 아니다. 됐다. 내가 알아서 처리를 하마."

졸지에 이화동의 안색이 흙빛으로 변했다.

세금을 다 내 가면서 장사를 하는 사업가들은 그다지 많지 않았다. 난세로 치달으면서 내야 할 세금을 줄이거나 아예 떼

먹는 추세였다.

털어서 먼지 안 나오는 사람 없다.

성실하게 세금을 납부하는 장사꾼들도 세무조사를 당하게 되면 미처 신경 쓰지 못한 곳에서 세법을 어긴 탓에 졸지에 알거지가 되고는 한다. 복잡한 세법을 모두 지키면서 장사하기란 굉장히 어렵다.

"집이 좁다고요? 눕고 자고 생활하는 데 있어 일 인당 한 평이면 적당하다는 말이 있는데 정말로 좁게 만들어 드려요?"

"미안해. 내가 주책을 부렸어."

"장남을 북경으로 유학 보내시겠다고요?"

"그래. 도와주었으면 좋겠구나."

"지금 시골에서도 공부 못 하는 애가, 북경에 오면 잘할 수 있다고 생각하나요? 시골 서당에서 일등을 하는 아이가 북경에 오면 하위권에 머무릅니다. 도처에서 공부 잘한다는 아이들이 북경으로 몰려들고, 북경 부모들의 교육열도 참으로 대단하지요. 그런 틈바구니에서 살아남을 수 있다고 생각하세요? 부모의 과한 욕심에 아이는 멍이 드는 법입니다."

이한열이 따끔하게 사람들이 부려 댄 욕심의 문제점들을 파헤쳤다.

인정사정 보지 않고 말하는 이한열을 보면서 이씨 가문의 사람들이 몸을 떨었다.

'속이 시원하네. 이제부터는 너무 눈치를 보지 말아야겠다.'

'아들처럼 앞으로 할 말은 하고 살아야지.'

체면 때문에 마음대로 하지 못하고 살아온 이찬성과 오혜련이 이한열을 지켜보면서 본받을 점을 깨달았다. 자신감 넘치는 이한열의 행동을 보면서 많은 걸 느꼈다. 비로소 높은 위치에 섰다는 걸 깨달았다.

핏줄은 역시 닮았다.

이한열이 의도한 바는 아니었지만 어쨌든 부모가 자식의 행동에 잔뜩 공감하고 있었다.

이찬성과 오혜련, 이한열의 마음이 서로 어우러지면서 실내를 온통 좌우했다. 이씨 가문에서 이찬성 일가가 아무도 제어할 수 없는 높은 위치로 우뚝 올라섰다.

이씨 가문의 사람들은 세 사람을 제대로 쳐다보지도 못 했다.

'채찍을 휘둘렀으니 당근도 줘야겠지. 지나친 압박은 반발을 불러올 수 있어.'

이한열은 사람을 다루는 데 있어 능수능란했다.

압박하고 제어하는 것도 중요했지만 줄이 너무 팽팽하면 끊어지는 법이었다. 가문의 불화가 밖으로 새어 나가게 되면

구설수에 오르게 된다. 그런 사태를 미연에 방지할 필요성이
있었다.

"이번에 마을에 남산서원 분점을 열기로 했어요. 학비는
제가 모두 부담할 테니, 가르쳐야 할 가문의 아이들이 있으
면 보내세요."

"헉! 남산서원이라고?"

"정말이냐?"

"고맙다."

"제가 바로 남산서원의 주인이에요. 분점 하나 여는 건 어
렵지 않아요."

"대단하구나."

"정말 훌륭하다."

"가문의 아이들 교육은 이제 걱정이 없겠구나."

이씨 가문은 학자 집안이었다.

학업과 공부를 중시하는 가풍이 가문 전체에 짙게 퍼져 있
었다. 그리고 그런 가풍이 이한열의 대성공으로 인해 더욱 강
력해졌다.

그렇지만 학비는 만만한 것이 아니었다. 과거를 준비하기
위해서는 적지 않은 금액이 필요했고, 집안의 기둥뿌리가 뽑
혀져 나가기도 했다.

학비를 걱정하지 않고 유명한 남산서원에서 공부할 수 있

다는 사실에 사람들이 환호했다. 자식들의 미래가 밝아졌고, 앉은 자리에서 많은 돈을 번 것과 똑같았다.

'헐! 이제 함부로 불평불만을 터트릴 수도 없겠구나. 이제부터 이한열을 씹게 된다면 가문에서 공공의 적으로 낙인찍히는 거야. 쥐 죽은 듯이 있다가 그냥 베풀어 주는 대로 받기만 해야겠구나.'

마지막에 달콤한 제안을 한 이한열이 얼마나 사악한지 어렴풋이 깨달은 이화동의 등에 식은땀이 줄줄 흘렀다. 남산서원에서의 공부와 학비 면제는 이씨 가문 사람들의 불만을 원천 봉쇄하는 조치였다.

'크다.'

이화동의 눈에 비친 이한열이 무척이나 거대해 보였다.

마치 거인처럼 말이다.

슥!

이한열이 뒤돌아섰다.

그의 눈에 자글자글한 주름을 가진 이찬성과 오혜련이 한가득 투영됐다.

그의 뇌리에 옛날에 읽은 책의 한 구절이 떠올랐다.

'이 세상에 가장 아름다운 것은 만고풍상 다 겪은 부모님의 주름이다.'

이한열은 몸치장은 하나도 하지 않고 있음에도, 그저 환하게 웃고 있는 부모님이 너무나도 멋있고 아름답게 느껴졌다.
헌신하신 부모님에게 감사했다. 자신의 존재가 부모님 덕택
인 것을 분명하게 인지하고 있었다.

만약 부모님의 희생이 없었다면 지금의 인격이나 성공을
갖추지 못했을 것이 분명했다. 그래서 부모님을 몰아붙이던
가문의 사람들에게 쉽게 분노했던 것이다.

그리고 이한열의 이런 행태는 앞으로도 달라지지 않을 것
이다.

'지켜봐 주세요. 앞으로 더 많이 노력해서 맑고 힘찬 행복
을 전해 드릴게요.'

이한열이 속으로 다짐했다.

이찬성과 오혜련이 이한열을 보면서 환하게 웃었다.

第四章

난화무관

저벅! 저벅!

이조훈이 대나무 숲을 걸었다.

그는 장원의 대나무 숲에는 처음 와 봤다.

이한열의 부모님이 거주하고 있는 저택 후면의 야트막한 언덕에 만들어진 정원에는 사군자 가운데 하나인 대나무 숲이 조성되어 있었다. 이한열이 쭉쭉 뻗어 나가는 대나무를 특히나 좋아하기에 이 숲을 만들 때 상당히 많은 인부와 자금이 소모됐다.

저택은 아직 완성형이 아니었다.

대자연의 풍취를 고고하게 풍겨 내는 정원들이 도처에 만들어지고 있었고, 도서관의 서가에는 매일 들어오는 수많은 희귀 도서들이 자리를 차지하였으며, 정원에 찾아오는 높은 신분의 손님들을 맞이하기 위한 화려한 건물들이 새롭게 만들어지고 있었다.

"돈이 좋기는 좋구나. 이런 아름다운 대나무 숲을 빠른 시간에 만들어 낼 수 있다니 말이야."

이조훈이 대나무 숲을 걸으면서 풍경에 푹 빠져들었다. 북적거리던 사람들과 떨어져 자연과 고적한 시간을 보내니 기분이 절로 상쾌해졌다. 다사다난한 인간사에 영향을 받지 않는 숲 한 가운데에서 자유를 만끽했다.

대나무들이 빽빽하게 혹은 듬성듬성 심어져 있는 숲은 복잡한 현실과 거리가 멀었다. 은은한 달빛이 비치고 있는 숲에 청량함이 가득 넘쳤다.

그런데……

그런 대나무 숲에 다른 사람이 한 명 더 있었다.

"한열이 형이네."

사촌 형을 발견한 이조훈의 눈에 이채가 어렸다.

백부 이화동의 둘째 아들인 이조훈은 어린 나이에 적지 않은 수업료를 내고 무당파의 속가제자로 들어갔다.

둘째 자식이 무당파에서 잘 나간다고 이화동은 침을 튀겨가며 무척 자랑을 했다.

하지만 실상은 무척이나 달랐다.

무당파 속가제자들 가운데 이조훈은 거의 바닥을 박박 기고 있었다.

그런 이조훈의 눈앞에 이한열이 있었다.

슥!

이한열이 검을 쥐고 서 있었다.

은은하게 달빛이 흐르는 공간에서 마치 홀로 딴 세상에 서 있는 듯 묘한 기운이 이한열에게서 흘렀다.

스윽!

이한열이 검을 부드럽게 움직였다.

어둠 속에서 요사하면서도 고고하게 활보하는 모산천검이 푸르게 빛났다. 진기가 몰려 검이 빛나는 것이 아니었다. 단지, 마음이 검에 실렸을 뿐이다.

심검의 경지를 이한열이 선보였다.

하지만 그 깊은 깨달음을 이조훈은 알아차리지 못했다.

다만 지독하게 황홀한 검의 빛에 이조훈이 마음을 빼앗겼다. 푸르게 넘실거리는 검에서 시선이 떠나지 않았다.

"……"

이조훈이 숨소리까지 죽인 채로 검을 바라보았다.

사실 이는 큰 잘못이었다.

강호인의 개인 수련을 허락받지 않고 지켜보다가는 목숨

을 잃을 수도 있었다.

이조훈은 이한열이 수련하고 있다는 걸 인지한 순간 말없이 돌아서야만 했다. 하지만 정신이 빠진 것처럼 검을 바라만 보고 있었다.

머리는 돌아가라고 이야기했지만 두 다리가 뿌리내린 것처럼 미동도 하지 않았다.

이조훈은 너무나도 고절한 공부가 담긴 심검에 본능적으로 이끌렸다. 그리고 그 안에는 배울 점들이 넘쳤다.

깨끗하게 움직이는 검의 궤적과 결점이 보이지 않을 정도로 완벽한 이한열의 자세에서 이조훈이 많은 걸 느꼈다.

"아!"

이조훈이 저도 모르게 탄성을 터트렸다.

그가 무당파에서 배운 소청검법의 묘리를 일부 깨달았다. 지지부진하던 소청검법의 단계가 단숨에 성장하였다.

이런 경험은 처음이었다.

이조훈이 더욱 이한열과 검의 움직임에 빠져들었다.

후우우웅! 후우우웅!

검이 느릿느릿하게 움직이면서 은은한 울음을 토해 냈다. 살아 있는 생물체처럼 자유롭게 나아가는 검이었다.

무척이나 부드러워 보이는 검의 움직임이었지만 그 안에는 실로 흉흉함이 뒤섞여 있었다. 하품이 날 정도로 느릿하기에 더욱 광폭했다.

가로막는 모든 걸 박살 내겠다는 패기가 검에 녹아들어 있었다.

철저하게 힘을 바탕으로 한 패도의 검이었다.

단지 파괴적인 패도의 힘을 이한열이 부드럽게 풀어내고 있을 뿐이었다. 천장 높이에서 떨어지는 폭포처럼 광폭한 힘을 강제로 억눌렀다. 의지로 힘을 조율하는 이한열이 더욱 큰 힘을 얻었다.

스윽!

이한열이 검을 가만히 내려뜨렸다.

고고한 푸른빛을 내뿜던 검이 다시금 일반적인 철검으로 돌아갔다.

스릉!

검이 검집으로 들어갔다.

"아!"

이조훈이 탄성을 터트렸다.

더 이상 아름다운 모습을 보지 못하게 된 아쉬움이 탄성에 가득 묻어났다.

이조훈은 여전히 황홀했던 순간에 빠져들어 있었다.

"무슨 일이냐?"

이한열의 음성이 그를 다시금 현실 속으로 돌아오게 만들었다.

"죄송합니다. 형님! 물러났어야 했는데 욕심에 눈이 멀어 수련을 지켜보았습니다."

이조훈이 고개를 푹 숙였다.

"됐다."

그는 이미 이조훈의 도착을 알고 있었다.

보여 줘도 상관이 없었기에 수련을 멈추지 않았다.

직접 무얼 가르치지는 않겠지만 수련을 보고 무엇을 얻든 지 그건 이조훈의 몫이라고 생각했다.

"형님과 술 한잔하기 위해서 왔습니다."

이조훈이 손에 쥐고 있는 술병과 술잔을 들어올렸다.

"무슨 술이냐?"

"죽엽청입니다. 아우가 한 잔 올리겠습니다."

"앉아라."

이한열이 땅바닥에 앉자, 맞은편에 이조훈이 무릎을 꿇고 앉았다.

쪼르륵!

이한열의 술잔에 술이 채워졌다.

죽엽청 특유의 쌉쌀한 술 향이 퍼졌다.

술잔에 담긴 투명한 술에 달이 떠 있었다.

슥!

이한열이 술을 입으로 가져갔다.

특급의 죽엽청 술이 목을 찌르르 울리며 지나갔다.

"한 잔 더 하시겠습니까?"

슥!

이한열이 말없이 술잔을 내밀었다.

주거니 받거니의 과정이 없이 계속 이한열만 술을 받아 마셨다. 세 차례 술을 따라 올린 이조훈이 조심스럽게 입을 열었다.

"그동안 형님에게 많은 잘못을 저질렀습니다. 입이 열 개라도 할 말이 없습니다."

"술 맛 떨어진다."

"……."

말문이 막힌 이조훈이 다시 술을 따랐다.

이한열이 단숨에 받은 술을 들이켰다.

가만히 눈치를 살피던 그가 이한열을 보면서 다시금 입을 열었다.

"무당에 가서 고생해 보니 세상이 넓다는 사실을 알았습니다. 가문에서 제가 잘난 체했지만 우물 안 개구리였을 뿐이지요. 그리고 여전히 우물 안에서 발버둥 치고 있어요. 개구리가 우물 밖으로 나와서 살아갈 수 있도록 도와주십시오."

"무슨 소리냐?"

"무관을 열고 싶습니다. 도와주십시오. 형님."

이조훈이 고개를 푹 숙이며 부탁했다.

무당파라는 큰물에서 생활한 이조훈은 생각이 트여 있었다.

무당파 속가제자들 가운데 밑바닥을 박박 기고 있었지만 그에게도 성공할 수 있는 기회는 열려 있었다.

무당파라는 간판이 가지고 있는 힘은 결코 적지 않았다. 그리고 그런 간판의 힘을 더욱 크게 해 줄 수 있는 사람이 바로 눈앞의 이한열이었다.

새롭게 열려고 하는 무관은 분명히 별 볼 일이 없었다.

처음 시작할 때는 삼류 무관일 가능성이 높았다.

하지만 언제까지 삼류 무관에만 머무를까?

대문파들 가운데 삼류 무관에서 시작한 곳들도 적지 않았다.

이조훈은 이한열의 비호 아래 장밋빛 미래를 꿈꿨다.

"형님이 도와주신다면 난화무관은 빠르게 성장할 수 있습니다."

이조훈이 야심을 숨기지 않았다.

능력과 배경이 부족했기에 잠자코 생활했지만 사실 그는 야심이 컸다. 삼류 무관의 관주 자리에 만족할 수 없었다.

"호가호위하겠다는 것이구나."

"가지고 있는 힘을 그대로 외부에 보여 주는 것입니다. 어떻게 생각하느냐는 보는 사람들의 몫이겠지요."

이조훈이 난화무관의 미래를 멀리 살피고 있었다.

욕심이 많던 이조훈이 무당파에서 수학하며 많이 성장해 있었다. 이한열은 그의 태도에서 예전의 이조훈이 아니라는 걸 느꼈다.

어릴 때 돈 많은 부모님을 뒀다고 으스대던 이조훈은 예상 외로 능구렁이가 되어 있었다.

"가문이 무력을 가지는 것도 나쁜 일은 아니지."

이한열이 긍정적으로 생각했다.

무관을 가지고 있는 가문은 유사시에 무력을 적절하게 사용할 수 있었다. 문무겸비를 하여 더욱 높은 곳을 바라보는 것도 가능했다.

"도움을 부탁드립니다. 별로 어려운 일도 아니잖습니까?"

"내게 무슨 이득이 있겠느냐?"

"무관을 멀지 않은 곳에 열겠습니다. 장원에 귀찮은 일들을 일어나지 않도록 하겠습니다."

이조훈이 진심으로 이한열을 설득하려 노력했다.

이한열과 같은 사람에게는 진심으로 다가서는 것이 중요했다.

이미 관에서도 이한열 부모님의 장원에 대해서 잔뜩 신경을 쓰고 있었다. 하지만 포쾌 열 명이 도둑 한 명을 잡기 어려운 법이었다.

이조훈이 장원의 경계와 경비에 대해 신경을 쓴다면 이한열은 걱정을 덜 수 있었다.

'적들이 부모님에게 위해를 끼칠 수도 있어.'

안 그래도 무림에서 활동하면서 이한열은 부모님의 안위에 대한 걱정이 생긴 상황이었다. 그래서 부모님을 북경으로 잠시 모실 생각까지 하고 있었다.

이조훈의 말이 이한열의 마음을 흔들었다.

강호 무림에서 원한을 가지고 있는 무인들에게 복수행은 큰 문제가 아니었다. 생사투를 벌이고 있는 이한열은 알게 모르게 수많은 사람들에게 원한을 쌓고 있었다.

"좋다. 도와주마."

"감사합니다. 형님."

이한열의 승낙으로 두 사촌 형제의 극적인 합의가 이뤄졌다.

허리를 꼿꼿하게 세운 이조훈이 그동안 구상했던 생각을 풀어냈다.

"시기가 좋습니다. 정사마가 엎치락뒤치락하는 강호 무림은 혼란스럽습니다. 그리고 장원 근처에 강성한 문파나 무관이 없으니 금상첨화입니다. 처음 시작은 난화무관으로 미약하겠지만 언젠가 기필코 무림문파 가운데 하나인 난화문으로 우뚝 세우겠습니다. 난화무관의 첫 번째 목표는 관도의 수를 늘리는 겁니다. 두 번째는 관도들이 편안하게 무공을 수련하고 살 수 있도록 사업을 확장하는 것입니다."

"하루 이틀 한 생각이 아니구나."

"사실 비천한 삼류 출신이라고 많은 무시를 받았습니다. 무시한 자들에게 보란 듯이 복수하기 위해서는 성공을 해야만 합니다. 가장 좋은 복수는 난화무관이 거대 문파가 되는 것이 아니겠습니까?"

"꿈이 크구나."

"자고로 꿈은 크게 그리라고 했습니다. 형님께 당분간 대련을 부탁드립니다."

"외부무사들 영입하려는 것이군."

"단시간에 성장할 수 있는 방법이지요. 화경의 고수와의 대련이라면 괜찮은 실력을 지닌 무인들이 많이 지원할 겁니다."

"시간이 된다면 대련은 해 주겠다. 하지만 그들을 다스리는 건 네가 알아서 해야 할 것이다. 자고로 손안에 움켜쥐지 못한 병기는 주인에게 해를 끼치기 마련이다."

"제가 책임을 지겠습니다."

이조훈은 그런 것에 연연하지 않았다.

그리고 위험한 무인들을 조율할 수 있는 확실한 비책이 그에게는 있었다.

새롭게 문을 열 난화무관을 거대한 문파로 성장시킬 수 있는 길이 이조훈의 눈에는 보였다.

서른여 명의 사람들이 연무장에서 수련을 하며 땀방울을 흘리고 있었다. 햇빛에 반사된 땀방울들이 영롱하게 빛났다.

연무장 위에는 새롭게 내걸린 난화무관이라는 현판이 햇빛을 받아 반짝반짝 빛나고 있었다. 이조훈은 이한열의 허락을 받자마자 곧바로 다음날 난화무관을 개관하였다.

야망이 큰 이조훈은 이미 상당히 많은 일을 진행해 둔 상태였다.

난화무관 연무장 한쪽에는 개인 수련을 하는 이들이 있었고, 넓은 중앙에서 나무로 만든 검과 도 등의 병장기를 들고 대련하는 자들도 보였다.

"참으로 오랜만에 목검을 잡아 보네요."

이조훈이 목검을 잡았다.

그는 어렸을 때, 아버지 이화동이 붙여 준 무사 윤여구와 함께 연무장에서 수련을 하고는 했다. 가르침을 줬던 윤여구가 지금은 난화무관의 대사범으로 있었다.

꾹!

이조훈은 목검의 감촉이 손바닥에 익숙했다.

아직까지는 몸이 목검을 잡았을 때의 느낌을 잊어버리지
않았다.

"그렇군요."

윤여구의 손에는 목도가 들려 있었다.

"그때에는 대사범님에게 참으로 많이 두들겨 맞았지요."

"자고로 어린아이는 맞으면서 크는 법이지요."

"그 고통을 아직 잊지 않고 있습니다. 맞았던 허리 부위가
밤만 되면 시큰거린답니다."

"관주님의 허리가 원래부터 약하신 거겠지요. 부실한 허리
라니! 후계가 참으로 걱정됩니다."

"받았던 고통을 오늘 이자까지 붙여서 되돌려 드리겠습니
다."

"아직 그럴 정도는 안되어 보입니다만……."

눈을 게슴츠레하게 가늘게 뜬 윤여구가 이조훈을 도발했
다.

"그런 도발은 통하지 않아요."

"예전에는 금방 화를 내고는 하셨는데, 많이 성장하셨군
요."

슥!

이조훈이 자세를 잡았다.

그에 맞춰 윤여구가 목도를 움켜잡았다.

"갑니다."

이조훈의 목검이 소청검법의 일초식 청풍개천의 투로를 따라 움직였다.

스으읏! 스으읏!

산들바람처럼 부드럽게 목검이 나아갔다. 허공을 수평으로 가르는 목검의 궤적에는 어떠한 변화도 보이지 않았다. 간단하기에 눈에 훤히 보이는 목검의 투로였지만 너무나도 순수했기에 막기가 어려웠다.

"너무 가벼워서 어디로 튈지 모르겠군요. 무당파에서 잘 배워서 온 모습을 보니 참으로 기쁩니다. 후원금으로 낸 많은 돈이 아깝지 않습니다."

윤여구가 슬쩍 피하면서 이조훈의 우측으로 돌았다. 회전하는 속도의 여세를 몰아 목도를 위에서 아래로 몽둥이처럼 휘둘렀다.

휘익!

목도가 바람소리와 함께 섬뜩하게 허공을 갈랐다.

슥!

자세를 낮춘 이조훈이 목검을 들어서 방어했다.

퍽!

목검과 목도가 격렬하게 부딪쳤다.

순간 이조훈이 소청검법 이초식 청라유운으로 윤여구에게 반격했다.

스르륵!

목검이 흘러가는 구름처럼 목도를 타고 올라갔다.

목표는 바로 윤여구의 손목이었다.

소청검법이 비록 무당파의 기초적인 검법이지만 그 깊이가 낮지 않다. 깨달음과 비전이 가미된 소청검법이라면 천금이 아깝지 않았다.

이조훈이 공방을 주고받으면서 입을 열었다.

"잘 배운 건 집에 온 다음입니다."

"무슨 말씀이신지요?"

"무당파에서는 속가제자에게 함부로 비전을 전수하지 않습니다. 제가 배운 건 알맹이가 쏙 빠진 소청검법입니다."

"현기가 느껴집니다만……."

"기연을 접한 탓이지요."

"기연이요?"

"대나무 숲에 가면 기연을 접할 수 있습니다."

"속 태우지 말고 시원하게 말씀해 주시지요."

"한열 형님께서 펼치신 검무를 보고 소청검법의 부족한 점을 깨달았습니다."

이조훈은 아직도 그 날의 기연을 잊지 못하고 있었다. 아

니, 오히려 잊히려고 하는 부분을 필사적으로 떠올리려 노력
했다.

그리고 밤이 되면 매번 대나무 숲으로 산책을 나갔다.

하지만 아쉽게도 이한열의 검무를 또 다시 보는 행운은 없
었다.

이한열이 대나무 숲에 항상 있는 것은 아니었다.

간혹 있다고 해도 가부좌를 취한 채 관조를 하는 경우가
많았다.

"그래서 밤마다 대나무 숲으로 향하셨군요. 오늘 밤부터
저도 동행하겠습니다."

윤여구가 말을 하면서도 이조훈의 빈틈을 엿보았다.

이조훈은 생각보다 호락호락하지 않았다.

오히려 윤여구의 허점인 옆구리에 목검을 찔러 넣었다.

휘익!

적중을 당했다면 갈비뼈가 부러질 정도로 위력적인 찌르기
였다.

"무인의 수련을 함부로 살펴보다가 목이 날아갈 수도 있
습니다."

이조훈이 윤여구의 심기를 긁었다.

하지만 도발을 하는 부분에 있어서는 윤여구가 훨씬 더 대
가였다.

"관주님이 아직까지 살아있는 걸로 보면 저도 괜찮겠지요."

"크흑!"

이조훈이 얼굴을 찌푸렸다.

윤여구는 이조훈과 이한열의 서먹서먹한 사이를 아주 잘 알았다. 오십보백보이기는 하지만 친한 걸로 엄격하게 따지면 윤여구가 이한열과 더 가까웠다.

윤여구는 적어도 이조훈처럼 이한열을 괴롭히지는 않았다.

"어이쿠! 큼지막한 빈틈이군요."

윤여구의 말과 함께 목도가 이조훈의 어깨를 향해 빠르게 내리꽂혔다.

이조훈의 얼굴에 낭패한 기색이 어렸다.

어깨에 목도가 작렬하려는 순간 이조훈이 웃으며 자세를 낮췄다. 그리고 용수철처럼 튀어 올라가며 몸을 틀었다.

휘익!

목도가 아슬아슬하게 이조훈의 옆을 스치고 지나갔다.

"동작 큰 공격이 빗나가게 되면 허점이 많이 생긴다고 하셨지요. 정말로 여러 빈틈들이 눈에 훤히 보이네요."

이조훈이 오래 전 윤여구가 했던 말을 그대로 되돌려 줬다.

"잠깐만……."

윤여구가 다급하게 입을 열었다.

"사정 살피다가 역으로 당할 수도 있으니, 인정사정 보지 마라. 인정사정을 살피는 건 우선 때린 다음에 해도 충분하다."

이조훈이 가볍게 손을 흔들었다.

퍼억!

둔탁한 소리와 함께 목검이 윤여구의 어깨를 때렸다.

"크윽!"

윤여구의 다물린 입술 사이로 고통스런 신음이 흘러나왔다.

가격당한 부위가 금방 부풀어 올랐다.

아파하는 윤여구를 보면서 이조훈이 환한 웃음을 지었다. 십년 묵은 체증이 확 내려가는 느낌이었다. 가슴이 뻥 뚫리는 웃음에는 진심이 어렸다.

"나이가 드셔서 그런지 영 신통치 않네요."

"흠! 노익장을 보여 드리지요."

이조훈의 도발에 말린 윤여구의 얼굴이 벌겋게 달아올랐다.

퍼억! 빡!

목검이 연신 윤여구를 두들겼다.

"큭!"

앙다문 입술 사이로 신음이 새어나왔다.

휘익!

땅을 박찬 윤여구가 이조훈에게서 훌쩍 멀어진 상태로 마음을 가다듬었다. 거칠어진 호흡을 다스리던 그가 고개를 숙였다.

"완패를 인정합니다."

윤여구는 이조훈이 과거의 어린아이가 아니라는 걸 인정했다. 그리고 이제 더 이상 때릴 수 없을 정도로 이조훈이 성장했다는 사실에 뿌듯한 자부심을 가졌다.

"고마워요. 오늘의 내가 있기까지 대사범의 도움이 컸어요."

"대사범으로서 당연히 했어야 하는 일입니다. 당시 관주는 저의 미래이기도 했으니까요."

"이한열 진사가 미래였으면 좋았을 텐데요."

"이미 지나간 일입니다."

후회는 아무리 빨라도 늦다.

늦었다는 사실을 알았을 때는 이미 늦었기에 빠르게 대처해야만 했다. 다행스럽게도 이한열은 아직까지 장원에 머무르고 있었다. 그리고 부모님과 시간을 보내고 있는 당분간은 이한열이 장원을 떠날 가능성도 낮았다.

"영입할 수 있는 무인들에 대해서 조사해 주세요."

이조훈의 말에 윤여구는 순간 소름이 쫙 끼쳤다.

영역 확장의 가장 첫 번째인 몸집 불리기를 관주 이조훈이 지시하고 있었다.

"알겠습니다."

"외부에서 영입한 무인들에게 기회를 주면 기존의 관도들이 불평불만을 가질 수 있습니다. 그들에게도 기회를 줘야 마땅하겠지요."

"그렇습니다. 비록 무위가 낮을지라도 충성심만큼은 부족하지 않습니다."

"충성심 강하고 재능 있는 다섯 명의 무인들을 선발해 주세요. 그들에게 제가 알고 있는 무공을 전수하겠어요."

이조훈은 청명심법과 청명검법을 아낌없이 풀기로 했다. 이급수준이지만 난화무관 관도들에게는 더없이 좋은 무공이었다.

"관도들이 기뻐할 겁니다."

"대사범께서 선발된 다섯 명의 무인들을 혹독하게 지도해 주셔야 합니다."

이조훈은 어린 시절 무공을 배우면서 자신이 경험했던 괴로움을 선발될 사람들에게 그대로 전해 주고 싶었다. 고통은 아프지만 사람을 성장시키는 힘이 있었다.

윤여구가 고개를 끄덕였다.

"물론입니다. 저도 결코 사정을 봐주지 않을 겁니다."

"믿어요."

그들이 서로를 바라보며 묘한 미소를 지었다.

맞는 때의 고통을 알고 있는 자들만 통하는 그런 웃음이었다.

"금방 돌아올게요."

이조훈이 무당파로 떠났다.

무당파에 가서 사정을 이야기하고 하산하겠다는 허락을 받아야 했다. 그래야 정식으로 무당파 속가제자라는 간판을 사용할 수 있다.

차후에 무림 대문파들 가운데 하나로 등장할 난화문의 시작이었다.

난화무관에서 가장 분주한 사람은 윤여구였다.

그는 밀려드는 일로 인해 몸이 열 개라도 모자랄 지경이었다. 사소한 일은 가볍게 독단적으로 처리할 수 있었다. 하지만 중대한 일까지 혼자서 감당할 수는 없는 노릇이었다.

서류들을 잔뜩 든 윤여구가 이한열을 찾았다.

"이것들은 뭐냐?"

"저 혼자 처리할 수 없는 내용들입니다."

이한열이 차가운 눈빛으로 윤여구를 쏘아봤다.

윤여구가 이한열의 귀찮아하는 생각을 읽고 황급하게 입

을 열었다.

"이씨 가문에서 난화무관을 열었다고 하자 사방에서 후원금들이 몰려오고 있습니다. 이는 이한열 진사님을 보고서 보내오는 후원금입니다. 후원금들에 대한 정리 내용도 있습니다. 후원금의 진정한 주인은 이한열 진사님이십니다. 그것들을 어떻게 사용할지 알려 주십시오."

난화무관으로 들어오고 있는 금액이 상당했다.

황실과 조정, 그리고 무림에서 막강한 힘을 발휘하고 있는 이한열을 보고 사람들이 난화무관에 돈을 보내고 있었다.

"알아서 써."

"요긴하게 사용하겠습니다."

"그런데 태상호법이라고?"

"네. 개관식 때 이한열 진사님께서 난화무관의 태상호법으로 오르셨습니다."

난화무관은 이조훈의 관주 즉위식과 함께 은근슬쩍 이한열이 태상호법이 되었다고 사람들에게 알렸다. 정작 당사자인 이한열이 모르는 상황에서 일이 이뤄졌다. 관주인 이조훈보다 이한열이 높은 신분이며, 이한열의 우산 아래 난화무관이 있다는 사실은 은근하게 퍼트렸다.

그 결과 후원금이 물밀 듯이 밀려온 것이기도 했다.

"알았다."

이미 허락을 했기에 이한열은 사람들에게 뭐라고 불리는지 관심이 없었다. 아니, 이미 일이 이렇게 진행될 것을 짐작했다. 힘이 있기에 누릴 수 있는 여유였다.

"감사합니다."

예상했던 답변을 들은 윤여구가 싱긋 웃으며 고개를 숙였다.

"난화무관이 어떻게 운영되는지는 관심이 없어. 그러니까 이런 일로 찾아와서 귀찮게 하지 마. 경고하는데 이런 문제로 다시 내 시간을 뺏는다면 어떤 일이 벌어질지 기대해야 할 거야."

이한열의 눈에 섬뜩한 빛이 떠올랐다가 사라졌다.

이조훈에게 도와주겠다고 허락을 했지만 서류 정리를 해주고 싶은 마음은 눈곱만치도 없었다. 어디까지나 적당하게 도와줄 생각이었다.

'성공하면 좋고, 망하면 어쩔 수 없는 것이지. 이조훈의 일에 내가 목을 매고 있을 필요는 없으니까.'

이한열은 어디까지나 적당하게 도와줄 마음이었다. 한계 이상을 넘어가거나 실패하면 매정하게 모른 척 돌아설 생각이었다.

그리고 난화무관에 들어오고 있는 후원금이 많다고 윤여구가 호들갑을 떨고 있지만 정작 이한열에게는 푼돈에 불과

했다.

"명심하겠습니다."

식겁한 윤여구의 등에 식은땀이 흘렀다.

"이런 일에 관심을 가지고 있는 사람이 있잖아. 그 사람을 찾아가."

"누구를 말씀하시는지?"

"이화동 중부."

이한열이 차갑게 내뱉었다.

이화동은 난화무관에서 들어오고 나가는 모든 돈을 담당했다. 이조훈을 꼬드겨서 재무당주에 오른 그였지만 일처리가 주먹구구식이었다. 욕심만 많지 평범한 집안에서 자란 그는 재무에 대한 상식이 부족했다.

그럼에도 불구하고 큰 문제가 발생하지 않았던 것은 현판을 내걸지 않고 있던 난화무관에 지출과 수입 내역이 무척이나 적었기 때문이었다.

얼마 전까지라면 별문제가 없었지만 난화무관이 성장하면서는 상황이 바뀌었다. 주먹구구식으로 재무를 담당하기에는 한계가 있을 수밖에 없었다.

'아직 마음에 상처를 가지고 계시구나.'

윤여구가 안타까워했다.

이화동이 저질렀던 악행의 상처는 아직도 이한열의 마음에서 아물지 않았다. 그렇기에 이한열은 중부 이화동을 달가워 하지 않다는 기색을 숨기지 않고 팍팍 드러냈다.

이한열은 뒤끝이 상당히 있는 성격이었다.

"알겠습니다. 하지만 앞으로 말씀하신 분은 난화무관의 돈을 한 푼도 건들이지 못할 것입니다."

윤여구는 이화동과 완전히 떨어져야 한다고 결심했다. 그 것이 눈앞의 이한열에게 귀여움을 받는 일이라는 확신이 들었기 때문이었다. 미움 받는 사람 옆에 있다가 마른하늘에 날 벼락을 함께 맞아 시커먼 숯 덩어리가 될 수 있었다.

"마음대로."

이한열이 별다른 관심을 두지 않았다.

윤여구가 서류들을 들고 일어났다.

이한열과 사촌들 사이의 불협화음으로 인해 중간에 낀 그는 무척이나 당혹스러웠다.

"실례지만 제가 조언 한마디 해도 되겠습니까?"

"해 봐."

"사람에게 받은 아픈 상처는 사람을 통해 치유하는 게 가장 좋습니다. 차가운 마음을 벗어 던지고 따뜻함을 느낀다면 세상이 아름다움을 알 수 있을 겁니다."

윤여구는 진심으로 이한열에 대해서 생각하며 조언했다.

"말한 것처럼 실례야. 무례한 조언을 받았지만 대구해 주지. 사람에게 받은 아픔을 굳이 상처 준 사람에게서 치유 받을 필요는 없어. 세상은 넓고 사람은 많아. 좋은 사람에게서 치유받을 수 있는데, 왜 함께 있으면 불쾌한 사람과 함께해야 하나? 좋은 것만 보고 살아도 부족한 삶이야."

만년빙굴에서 부는 찬바람이 이한열의 말에 녹아 있었다.

이화동을 용서하고 싶은 마음은 없었다.

자신을 모욕했다면 대인배의 마음으로 웃고 넘어갈 수도 있었지만 부모님의 가슴에 대못을 박아 버렸기 때문이었다.

부모님을 모욕하는 사람들에 대해 그가 가지는 측은지심이란 뱀댕이 소갈딱지만치 적었다.

第五章

배하연

햇살이 구름 사이로 비췄다.

매끈한 녹색 줄기를 뻗은 나무에 풍성한 나뭇잎들이 매달려 있다. 수령 수백 년이 되어 보이는 나무들 아래에 장터목이 자리를 잡고 있었다. 동과 서를 가르면서 만들어진 장터목은 꽤 널찍한 터에 마련되어 있었다.

장터목은 십일장이 서는 곳이다. 십일에 한 번씩 서던 십일장에도 변화가 생겼다. 많은 사람들이 몰리고 장사가 잘되다 보니 오일장으로 바뀌어 버렸다.

집안에만 있다가 밖으로 나온 이한열이 장터목을 구경하면서 걸었다. 여기저기 구경하면서 걷는 그는 감회에 젖지 않을 수 없었다.

"봐! 저분이 이한열 진사야."

"정말?"

"우리 마을에서 용이 났다고 하더니, 저분이었구나."

"정말로 대단하신 분이지. 저분이 강에 천화교라는 다리까지 놓아 주셨잖아."

"징검다리로 건널 때는 엄청 불편했어. 천화교가 생기면서 너무 편안해졌지."

"사리사욕을 챙기는 탐관오리가 아닌 진정한 벼슬아치이지."

"집에서 놀고 있던 우리 아들이 저 고마우신 분 덕분에 취직했잖아."

"그렇지. 이한열 진사님의 은덕을 잊으면 안 돼."

사람들이 수군거렸다.

전문적인 장사꾼과 상인들도 있었지만 마을 주민들이 대부분이었다. 집에 있는 물건과 직접 농사지은 농산물, 사냥해서 잡은 사냥감, 벌목하여 가져온 장작 등을 가지고 장터에 나왔다.

이한열은 북경에 있으면서 고향에 약간의 관심을 기울였다. 지나가는 어투로 고향 마을의 불편한 점들을 권력을 지닌 사람들에게 이야기했다.

그의 말 한 마디에 고향의 강에 다리가 생겼고, 길이 생겨났고, 장서각이 만들어졌으며, 흙길에 돌들이 깔렸다. 특별히 이한열의 사비가 들어가는 것이 아니었다. 나라의 돈으로 고향이 살기 좋게 변모했다.

고향 마을이 새롭게 변모할 때마다 이한열에 의한 지시라는 사실이 알려졌다. 은연중에 난 소문이 파다하게 퍼지는 건 금방이었다.

오른손이 한 일을 왼손이 모르도록 하는 건 이한열의 처세와 거리가 멀었다. 이한열은 칭송받아 마땅한 일을 널리 퍼트려 사람들의 인망을 얻기 바빴다.

살기 좋은 마을이 되자 자연스럽게 땅값이 올라갔다. 비싼 책들로 꽉꽉 들어찬 장서각이 들어섰기에 학자와 유생들도 몰려들었다. 빈터였던 공간에 아름답고 큰 저택들이 들어섰고, 새롭게 지어지는 상가들이 하늘 높이 쭉쭉 올라섰다.

좋은 선순환이 지속적으로 이어졌다. 사람들이 몰리고, 건물들이 들어서고, 땅값이 올라가고, 일자리가 계속 생겨났다. 그리고 그건 현재진행형이었다.

북경에서 고관대작으로 지내고 있는 이한열의 금위환향이 알려지면서 시골 마을이 떠들썩했다. 사람들이 마을의 성장이 더 높이 계속될 것이라면서 주목했다. 땅이나 건물을 가지고 있는 사람들은 이한열 덕분에 앉은 자리에서 엄청난 거액을 벌어들였다.

"집값이 엄청나게 올랐지?"

"족히 열 배는 올랐어. 시세보다 더 쳐준다면서 거간꾼이 자꾸 찾아와서 귀찮아 죽겠어."

"팔지 마. 그쪽에 서원이 지어진다는 소문이 있어."

"서원?"

"자네만 알고 있게. 이한열 진사께서는 북경에 서원을 가지고 있다네. 그 뭐라고 하더라! 아! 맞다. 남산서원이야."

"남산서원이 어떻다고?"

"남산서원의 분점이 자네 집 근처에 세워진다는 소문이야. 그래서 그쪽의 집을 알아보는 학자와 유생, 상인들이 많아졌어."

인근에 남산서원의 분점이 세워진다는 소문이 파다하게 퍼지고 있었다. 마을을 떠나 다른 지방까지 멀리 전해졌다. 그럴 수밖에 없었다.

북경 남산서원의 명성은 대단했다. 남산서원에는 시골 마을에서는 감히 배울 수 없는 높은 수준의 가르침들이 있었다. 후학을 가르치는 저명한 학자들과 과거 급제를 했던 유생들이 즐비했다. 이한열이 형식상의 인수를 하고 난 뒤 강사진은 더욱 호화로워졌다.

이한열이 고향 발전에 나름 힘을 쏟고 있었다. 부모님이 거처하시는 곳이었고, 늙어서 낙향하고 돌아와야 할 수도 있는 곳이니, 고향의 발전이 그로서도 나쁘지 않았다.

'좋구나.'

이한열이 주변의 수군거림과 흠모에 찬 시선을 마음껏 즐겼다. 사방에서 무수히 꽂히는 시선들을 접하면서도 여유로움이 넘쳐났다.

"어머니의 손을 잡고 걸었던 추억이 새록새록 떠오르네."

어린 시절 어머니를 따라 처음 와 봤던 장터는 신기한 것들로 넘쳐 났다. 처음 보는 물고기를 비롯한 해산물, 알록달록한 천과 비단들, 비싸기로 유명한 새하얀 소금이 잔뜩 쌓여 있기도 했다.

어린 시절의 추억은 그 무엇과도 바꿀 수 없는 진귀한 보석보다 소중했다.

"어머니가 큰마음 먹고 사 주신 당과의 달콤함은 아직도 잊지 못하지."

오혜련은 없는 살림에도 이한열이 당과 앞에서 떠나지 못하자 한참 머뭇거린 끝에 수중에서 돈을 꺼내 당과값을 지불하였었다.

"철없는 짓이었지."

이한열이 자책했다.

가난이 얼마나 서글픈 것인지 어렸을 때는 미처 몰랐다.

어느 정도 크고 머리가 영글어진 상태에서 과거에 떨어지고 나서야 이한열이 가난의 무서움을 깨달았다.

참으로 어렵고 힘든 시절이었다.

그의 어머니는 자식의 공부를 위해 밤새 바느질을 해야만 했다. 자신이 입지는 못하고 오로지 다른 사람들을 위해 바느질하면서 얼마나 고된 고생을 했는지, 이한열이 옆에서 지켜보았다.

오혜련은 어두컴컴한 방안에서 호롱불을 켜놓고 바느질을 하였다. 자식을 위해서 노력하는 그녀는 단 한 번도 이한열보다 먼저 자지 않았다. 그러면서도 꼭두새벽부터 일어나서 자식의 끼니를 챙겨 주었다. 건강하던 오혜련은 그때의 고생으로 인해 각종 질병을 얻게 됐다. 한 번 잃어버린 건강은 다시 되찾기가 무척이나 요원했다.

울컥!

지난날의 어려웠던 시기와 오혜련의 하늘보다 높은 사랑을 떠올리자 가슴이 아파 왔다.

집 밖으로 나와 장터를 거닐면서 어리고 힘들었던 그때를 떠올렸다. 그리고 과거의 기억을 조각 맞춰 가면서 현재를 되돌아보았다.

'부모님께 잘하자.'

이한열이 다짐을 하면서 걸었다.

북경에서 지내면서 심신에 많은 기름이 끼었다. 의식적으로 방지를 하려고 노력했지만 사람인 이상 나태해지는 부분이 있을 수밖에 없었다.

그런 마음의 나태함을 버리기 위해서 과거를 추억하며 현실의 각오를 다졌다. 과거의 기억들을 하나하나 꺼내어 스스로에게 이야기하였다.

"……."

이한열의 눈에는 현재 활발한 장의 모습이 오혜련과 함께 걸었던 과거의 모습과 한데 뒤섞였다. 장터의 풍경과 그 바닥을 헤집고 다니던 어린 모습이 무척이나 그리웠다. 이제 두 번 다시 오지 않을 소중한 시간이었다.

"안녕하세요."

쭈뼛거리면서 한 명의 청년이 넙죽 고개를 숙여 인사했다. 허름한 옷차림을 한 모습이 궁핍한 사정을 잘 보여 주고 있었다.

일대에 잠시 정적이 흘렀다.

이한열이 물끄러미 인사를 한 청년을 응시하다가 고개를 살짝 끄덕이며 인사를 받아 줬다.

"그래."

"진사님 덕분에 새롭게 생긴 주루에서 일자리를 얻었네요. 항상 감사한 마음을 가지고 있어요."

"내 덕이 아니야. 그대가 노력하여 생긴 결과이지. 스스로에게 자부심을 가져도 충분해."

이한열이 이야기했다.

고향 마을에 생기를 불어넣어 청년에게 기회를 제공한 건 맞았다. 그러나 그 기회를 잡는 건 어디까지나 청년의 몫이었다.

"가난한 제가 자부심을 가져도 된다고요?"

청년이 고개를 푹 숙였는데, 눈가에 물기가 가득했다. 가난한 자신을 무시하지 않고 대우해 주는 모습에 감동한 것이었다.

"가난한 건 죄가 아니야. 가난하다고 패배자처럼 주저앉아 있는 것이 죄이지. 삶이 가난하다고 패배의 습성에 젖지 말고 앞으로 나아가게. 그러면 언젠가 좋은 날이 올 거야. 나 역시 가난했던 삶을 타파하고 지금의 자리에 선 것이니까."

이한열이 청년에게 덕담을 던졌다.

빈곤에 찌든 환경에서 자라는 사람들이 내보이는 특유의 조숙한 모습에 그의 마음이 짠해졌다. 그렇기에 무시하지 않고 조언을 해 줬다.

성실하게 노력하면 언젠가 좋은 날이 오게 마련이다.

오지 않으면?

어쩔 수 없는 것이다.

물론 그렇다고 해서 땀 흘려 노력한 것이 헛되이 사라지지는 않는다. 무엇이 되었든 손에 움켜쥘 수 있는 것이 생기기 마련이다.

힘내라고 돈을 줄 수도 있었다.

전낭에 있는 돈 얼마 주는 건 이한열에 있어 어려운 일이 아니었다. 그에게 작은 돈일지라도 청년에게는 커다란 돈이었다.

그러나 그는 이내 등을 돌렸다.

변덕으로 인해 돈을 줄 정도로 맘이 약한 건 아니었다.

'다시 보게 되면 약간의 돈을 줘야겠어. 그것이 새로운 희망이 될 테니까.'

이한열은 다시 만나면 청년에게 약간의 돈을 주겠다고 마음먹었다.

저벅! 저벅!

이한열이 휘적거리면서 걸음을 옮겼다.

"열심히 노력하여 부자가 되어서 찾아뵐게요."

청년이 고개가 땅에 닿도록 진심을 담아 작별의 인사를 올렸다. 자신에게 찾아온 천재일우의 기회를 알지 못했다. 삶의 활력소가 되는 덕담을 받은 걸로 만족하였다.

"봤어? 이한열 진사님은 사람이 가난하다고 무시하지 않아."

"당연하지. 어렵고 힘들게 자랐기 때문인지 서민들의 아픔을 잘 알고 계셔."

"웃기는 소리! 원래 마음이 넓고 너그러운 분이기 때문에 가능한 거야. 어렵고 힘들게 자라서 성공한 놈들 중에 지독한 탐관오리가 얼마나 많은데……."

"정말 성격 좋으시다. 함부로 말 걸었다고 치도곤 맞을 수도 있다고 생각했었거든."

"이번 기회에 나도 인사드려야겠어."

"같이 하자."

이한열의 친절한 대응에 일대가 들끓어 올랐다.

주변에서 지켜본 사람들이 앞을 다퉈 가며 인사를 하기 시작했다.

"소문만 무성하게 들었는데 이렇게 뵙네요. 진사님에게 왕삼이가 인사 올립니다."

"이성 어멈이에요. 장서각이 생긴 뒤로 아이가 읽을 책이 생겼다며 너무 즐거워하고 있어요. 가난한 살림에 책 사 주기가 너무 빠듯했는데, 정말로 감사드립니다."

"예전보다 세 배는 더 많은 돈을 벌고 있어요. 하루 벌어입에 풀칠하기도 힘들었는데, 지금은 배 두드리면서 잘 먹고 살고 있습니다."

사람들이 이한열 덕분에 얻은 혜택을 이야기했다.

이한열이 구름처럼 몰려든 사람들에게 둘러싸여 제대로 앞으로 나아가지 못했다. 마음대로 움직이지 못하지만 인상을 쓰지 않고 유쾌해했다.

'이럴 줄 알았어.'

애당초 사람들이 몰려든다고 확신했다.

흠모에 찬 눈빛으로 바라보는 사람들에게 방금 전 청년의 일은 기폭제가 되었다. 우르르 몰려와서 저마다 이한열에게 말을 걸었고, 눈길을 한 번이라도 받으려고 난리였다.

그때였다.

"잠시 지나갈 수 있게 공간을 열어 주세요. 한열이에게 볼 일이 있어요."

맑고 가녀린 여인의 목소리가 울렸다.

"응?"

이한열은 목소리의 주인공이 누구인지 알고 있었다.

절로 미간이 찌푸려졌다.

그녀에게 당했던 치욕을 생각하면 아직도 치가 떨렸다. 그때의 치욕 덕분에 열심히 공부하여 과거 급제를 했지만 그건 엄연히 별개의 문제였다.

"얼른 비켜. 이한열 진사님의 배필이 나타나셨어."

"어이쿠! 이럴 때가 아니지. 여기로 지나가십시오."

구름처럼 몰렸던 사람들 사이에 틈이 만들어졌다.

열린 공간을 통해 화려한 비단옷을 입은 한 여인이 등장하였다. 생글생글 웃고 있는 여인의 이름은 바로 배하연이었다.

"돌아오셨군요."

나긋나긋하면서 상냥한 목소리의 그녀가 이한열을 그윽한 눈빛으로 응시하였다. 원하면 모든 걸 줄 수 있는 눈초리, 사랑하는 여자의 눈빛이었다. 그러나 그 눈빛 깊은 곳에는 탐욕이 서려 있었다.

"잠시 머무르고 있을 뿐이지."

이한열이 담담한 어투로 이야기했다.

"가가의 금의환향을 축하드려요."

배하연이 배시시 웃으면서 친근함을 드러내려고 노력했다.

'많은 사람들이 보고 있어. 체면을 중시하는 사람이라면 결코 함부로 행동할 수가 없지. 이번 기회에 한열의 여자라는 걸 증명 받아야 해.'

그녀가 앙큼한 속셈을 하고는 나타났다.

모든 수단을 강구해서 이한열의 여자로 남을 생각이었다. 찰거머리처럼 달라붙을 수만 있다면 어떤 수모를 받아도 상관없었다. 북경에서 생활하면서 이한열이 얼마나 높은 위치에 있는지 실감하였기 때문이었다. 옆에 있기만 한다면 이한열의 부와 권력을 함께 공유할 수 있었다.

"가가?"

이한열이 황당한 표정을 지었다.

자신도 모르게 무슨 수작을 부렸는지 배필이라는 사람들의 수군거림에 이미 빈정이 상했다. 아직 결혼할 생각이 없었다. 마음껏 더 총각의 행복을 누리고 싶은 생각이었다.

그렇지 않아도 불쾌한데 이미 떨어져 나간 줄 알았던 배하연이 가가라는 말을 툭 내뱉었다. 타는 불에 기름을 붓는 형국이었다.

"우리 사이에 가가라는 표현이 가당키나 한가?"

이한열이 얼굴을 굳히면서 씹어뱉듯이 차갑게 대응했다.

'이게 아닌데……'

배하연이 당혹한 표정을 감추지 못했다.

그녀는 길 한복판 그것도 수많은 사람들이 지켜보는 거리에서 이한열이 싸늘하게 나설 줄 감히 예상하지 못했다. 하지만 이내 감정을 추슬렀다.

'한열이가 당황해서 그런 거야. 평판을 생각한다면 여자인 나에게 함부로 할 수가 없어.'

곧바로 결론 내린 그녀가 곧바로 눈물을 글썽거렸다. 꼬리 아홉 개 달린 여우처럼 순식간에 불쌍하고 안타까운 여인을 연기하고 있었다.

"그거 알아? 넌 과거에 급제하고 난 뒤 많이 달라졌어. 차갑게 말해서 네 마음이 시원하게 풀린다면 얼마든지 기다릴 수 있어."

주르륵! 주르륵!

눈물을 흘리고 있는 그녀가 처연한 자세로 사랑을 위해 헌신하는 모습을 보였다. 사실을 절묘하게 왜곡하는 발언이었다.

구름처럼 몰려왔던 사람들이 수군거리면서 관람하였다.

사람들은 이한열과 배하연의 관계를 명확하게 알고 있지 못했다. 그들 사이에 얽혀 있는 복잡한 속내를 아는 사람은 아무도 없었다.

그렇지만 애절하게 사랑을 갈구하는 모습이 지켜보는 사람들의 마음에 파고들었다.

"내가 알아. 저 여인은 예전부터 이한열 진사와 사귀었던 분이야."

"맞아. 나도 그 소문 들었어."

"쯧쯧쯧! 출세했다고 해서 조강지처를 버려서는 안 되지."

"사람 좋게 봤는데……."

사람들이 시어머니처럼 참견하였다. 사뭇 진지한 얼굴로 이한열에게 실망했다는 사람들까지 나타나고 있었다.

사실 이런 부분에는 배하연과 그녀 집안사람들의 영향이 컸다. 배하연이 이한열의 여인이라고 그녀의 집안이 소문을 퍼트렸다. 처음에는 이한열 집안의 눈치를 살폈지만 별다른 반응이 없자 적극적으로 퍼뜨렸다. 쌀이 익어서 밥이 되면 어쩔 수 없이 받아들일 거라는 요망한 생각에서였다.

피식!

이한열의 입가에서 북해의 바람처럼 싸늘한 웃음이 새어 나왔다. 화창한 날씨에 많은 사람들을 모아 놓고 받는 수모는 생각 이상으로 컸다.

수모를 주는 그대로 받아들일 정도로 이한열은 대인배가 아니었다. 내장이 뒤틀리는 불쾌한 기분을 밖으로 배설하고 싶었다. 불쾌한 감정을 배설하고 난 뒤 나쁜 남자로 몰려도 괜찮았다. 하지만 나쁜 역할을 상대에게 넘겨주는 법을 잘 알았다.

"슬프지도 않으면서 눈물을 흘리다니, 악어의 눈물이구나. 어릴 적 만났을 때는 설레기라도 했지만 지금은 오로지 추악함만이 남아 있을 뿐이야. 무엇이 너를 이처럼 타락하게 만들었느냐?"

"무…… 무슨 소리야?"

"몰라서 묻는다면 친절하게 이야기해 줄게. 우리가 사귄 적은 있었지. 그때는 너를 좋아하는 감정이 있었어."

"맞아."

"하지만 너는 나를 버렸지."

"아니야. 내 마음에 진실한 사랑은 너 하나뿐이야."

"역겨우니까 진실한 사랑이라고 함부로 떠들지 마. 과거에 떨어져서 가뜩이나 힘들어할 때 훌쩍 떠나가 놓고서 이제 와 감히 내 앞에서 사랑을 찾아? 네가 나보다 더 사랑을 속삭였던 당사자를 데리고 와서 삼자대면을 해 볼까?"

이한열이 횃불처럼 활활 타오르는 눈길로 마음에 담아 뒀던 감정을 마음껏 배설했다.

"네가 어떻게 그런 말을 나에게 할 수 있어."

그녀가 사납게 으르렁거렸다.

처연한 감정을 드러내고 있던 얼굴이 잔뜩 일그러져 있었다. 일부종사하는 분위기여서 여자가 남자를 배신하는 것은 커다란 치부였다. 그런 치부를 수많은 사람들이 지켜보고 있는 길 한복판에서 폭로했으니 분노가 치밀 수밖에 없었다.

"다른 사람을 아프게 하면 자신이 다칠 수도 있다는 사실을 알아야지."

"아니야. 난 그런 짓을 저지르지 않았어. 내 사랑은 오직 너 뿐이야. 내게 어울리는 건 그저 그런 자가 아니라 진사에 오른 너란 말이야!"

그녀가 크게 악을 썼다.

그렇지 않아도 예쁘지 않은 얼굴이 더욱 보기 싫어 보였다. 소리를 꽥꽥 질러 대도 있던 사실이 사라지지 않는다.

"바람을 폈나 봐."

"양다리를 걸쳤구나. 이쪽저쪽 간 보다가 과거에 급제하니까 이한열 진사에게 달라붙으려고 하는 거야."

"하는 짓이 시체를 파먹는 여우와도 같아. 청량하고 착한 진사님께는 어울리지 않아."

사람들이 또다시 수군거렸는데, 방금 전까지는 눈물 흘리는 여자의 편을 들어 주다가 다시금 마음을 바꿨다. 그러면서 이제는 이한열에게 우호적인 시선을 보냈다.

참으로 간사한 것이 사람의 마음이었다.

제대로 알지도 못하면서 판관이 된 것처럼 판결을 내리고는 한다. 그런데 우습게도 이런 사람들의 판결이 당사자들에게 대못을 박는 경우가 많았다.

사람들 사이에 오늘 일이 파다하게 퍼지면 배하연이 얼굴을 들고 돌아다니기 힘들었다. 그리고 최악의 경우 시집을 가지 못할 수도 있었다.

"제발 날 버리지 마. 첩이라도 좋으니까 옆에만 있게 해 줘. 부탁이야."

악을 쓰다 말고 그녀가 이한열의 바짓가랑이라도 붙잡으려고 했다. 다시 애처롭게 사랑을 원하는 여인의 모습을 선보였다. 이한열과 결혼할 수만 있다면 이보다 더한 모욕도 거뜬히 견딜 수 있었다.

탐욕 어린 욕망에 잠식되어 있는 그녀의 끈질김은 참으로 대단했다. 사람들의 질시와 수군거림에도 불구하고 전혀 개의치 않았다.

그녀를 바라보는 이한열의 눈빛은 싸늘했다.

"내 옆에 네가 있을 곳은 없어."

딱 잘라 말한 이한열은 찰거머리처럼 달라붙은 배하연과 더 이상 오랜 시간을 끌고 싶지 않았다. 한 때 사귀었던 인연으로 좋게 봐주려고 하는 마음이 약간이나마 있었다. 그러나 하는 짓거리로 인해 싫다 못해 지독한 혐오감까지 생겨났다.

슥!

더 이상 들어 줄 가치도 없었기에 그가 매정하게 등을 돌렸다.

"더 이상 네 얼굴을 보지 않았으면 좋겠다. 차후에 또 이상한 이야기가 들려와서 혼삿길을 막으면 그때는 가만히 있지 않을 거야. 나도 장가는 가야 하잖아."

그가 헤어지면서 마지막으로 배하연의 가슴에 대못을 쾅쾅 박아 넣었다. 마음에 있던 불만을 배설하고 난 뒤 발걸음도 가볍게 휘적휘적 나아갔다.

저벅! 저벅!

고개를 빳빳하게 들고 걷는 여유로운 발걸음 앞에 수많은 사람들이 쫙 갈라졌다. 마치 바다가 갈라지면서 길이 만들어지는 것처럼…….

둘러싸고 있는 사람들의 숫자가 엄청났다.

세상에서 가장 재미난 구경 가운데 하나가 바로 싸움 구경이었기 때문이다. 게다가 그 당사자가 장안의 화제인 이한열이었으니 주변에 사람들이 몰려드는 건 당연지사였다.

수많은 사람이 보는 와중에 이한열이 찰거머리처럼 달라붙는 옛 연인 배하연의 치부를 공개해 버렸다.

"흐으윽! 흑! 이럴 수는 없어. 돌아와! 넌 내 사랑이야."

바닥에 털썩 주저앉은 배하연이 울음을 토해 냈다.

방금 전에 흘린 눈물이 연기였다면 지금은 진짜였다.

"길 한복판에서 아름다운 여자가 왜 우는 거야?"

"저년이 양다리를 걸쳤어. 후안무치의 짓거리를 저지르고도 이한열 진사님에게 가려고 저 지랄이잖아."

"카악! 퉤! 미친년이네."

"맞아. 멍석말이를 당하고도 남지."

매몰찬 눈빛을 보내는 사람들이 펑펑 울고 있는 배하연을 쓰레기 바라보듯 하고 있었다.

"썩 꺼져라! 재수 없으니까."

사람들 틈바구니에서 배하연에게 폭언이 하나둘 쏟아졌다.

군중심리란 무서웠다.

한 명이 폭력적으로 말하자 폭력성이 금방 전파됐다.

"돌아가! 불결한 너 따위는 진사님에게 어울리지 않아."

"못된 것! 다음에도 또 헛소리를 지껄이면 주둥이를 찢어 버릴 줄 알아!"

"이한열 진사님의 은혜도 모르는 것! 밤길 조심해라. 진사님에게 일말의 누가 되기라도 하면 네년의 멱을 따 버릴 줄 알아."

폭언이 마구 쏟아졌다.

모여 있는 사람들 태반이 직접적으로 혹은 간접적으로 이한열의 도움을 받았다. 그렇기에 이한열에게 잘못을 저지른 배하연을 마구 욕했다.

"흐윽! 흑!"

땅바닥에 앉아 오열하던 배하연의 안색이 창백해졌다.

그녀는 이 곳에 더 남아 있다가는 낭패를 당할 수도 있다는 사실을 직감했다. 황급히 일어나서 사람들을 뚫고 도망치려고 하였다.

"악! 머리 당기지 마세요. 흐윽! 제발 때리지 말아요."

퍼억! 퍽!

찌익! 찍!

사람들이 비켜 주면서도 그녀를 때리거나 머리카락을 잡아 당겼다.

삽시간에 예쁘게 차려입었던 배하연의 모습이 망가졌다.

천신만고 끝에 사람들을 뚫고 나온 그녀는 머리카락이 미친년처럼 마구 헝클어져 있었고, 심지어 비싼 비단 옷자락까지 찢어진 상태였다.

"으허엉! 끄으윽!"

　그녀가 오열하면서 집을 향해 내달렸다. 이한열의 의도한 바도 일정 부분 있었지만 탐욕 때문에 무리수를 던졌다가 처절한 응징을 당했다.

第六章
탐관오리의 도

칠흑처럼 어두운 밤.

이한열이 짐을 정리하고 마지막 밤을 맞이했다. 부모님과 함께 지냈던 행복한 시간은 꿀처럼 달콤했는데, 무척이나 빨리 지나갔다.

화무십일홍!

끝나지 않을 잔치는 없다고, 이제 자고 일어나면 내일 아침 정든 집을 떠나야 한다.

불을 끄고 편안하게 잠을 청할 수도 있었지만 온갖 생각이 이한열의 뇌리에서 휘몰아쳐 쉽게 잠들 수 없었다.

휘이잉! 휘이잉!

열어 놓은 창문으로 바람이 불어닥쳤다.

시간이 지날수록 정신이 더욱 또렷해져 갔다.

"······."

그의 눈이 부모님이 주무시고 계시는 곳을 바라보았다.

사랑하는 부모님과 함께 많은 시간을 보낼 수 있어서 무척 즐거웠다.

씨익!

웃음이 절로 나왔다.

그가 서 있는 장소는 과거와 현재 그리고 미래를 연결하고 있는 곳이었다. 이한열의 삶은 여전히 부모님과 연결되어 있었고, 앞으로도 영원히 함께 기록될 것이었다.

부모님과 함께 행복하게 살 수 있을 것이라고 예전부터 믿어 왔고 그것이 현실화됐다.

하지만······.

언제까지 웃음만 짓고 있을 수는 없었다.

이제 강호 무림으로 다시 나서야 하는 그의 앞날에는 복잡한 일들이 산적해 있었다. 기대와 두려움이 같이 공존한다고 할까? 흥하면 창공을 활활 비상하는 한 마리 붕(鵬)이 될 수 있었고, 몰하면 산산조각으로 깨진 쪽박이 될 수도 있었다.

"천 대의 전차를 가진 큰 나라를 잘 이끌어 가는 방법은,

일을 경건하게 처리하고 신용이 있으며, 절약하고 사람을 사랑하며, 백성을 때에 맞춰서 부리는 것이다."

이한열이 논어 학이편에 나오는 한 구절을 떠올렸다.

子曰 道千乘之國, 敬事而信, 節用而愛人, 使民以時.
자왈 도천승지국, 경사이신, 절용이애인, 사민이시.

"결국 도는 이끌고 나가는 것이면서 길을 내는 것이다."

도는 어떻게 풀이하느냐를 둘러싸고 지금까지도 논란이 있어 왔다. 과거를 공부하는 학자들에게 도에 대한 해석과 논쟁은 필수였다.

"이끌어 가는 것이든 길을 내는 것이든 이 구절은 결국 지도자의 자질과 통치 방법을 말하는 것이지. 그리고 종국에는 나에게도 적용이 된다."

황제 폐하를 따르는 이한열은 대명의 통치 방법을 따르고 있었다. 그리고 지도자의 지엄한 명령에 따라 강호 무림에 진출하여 일을 벌였다.

시작은 지도자의 명령이었지만 그 일을 벌이는 주도자는 바로 이한열이었다.

능동적으로 움직이면서 스스로 강호 무림에서 길을 개척해 나갔다. 그 과정에서의 지도자는 본인일 수밖에 없었다.

그렇기에 구도의 과정이기도 했다.

이한열은 대명의 신하로서 황실과 백성을 위해 일하고 있었지만 존엄한 의지를 가진 한 명의 무인으로서의 위치를 보다 공고하게 만들어 가고 있기도 했다.

그는 싸워서 원하는 걸 스스로 쟁취하는 투사였다.

바로 이것이 이한열의 도였다.

그리고 이한열은 스스로를 시험하고 증명하는 중이었다.

그런 그에게 강호 무림은 기회의 장이었다.

강호 무림에 뛰어들어 스스로의 능력을 시험하는 동시에 증명하였다. 피를 보면서 싸워 낸 결과를 통해 단기간에 객관적으로 평가를 받을 수 있었다.

"강호 무림에서 피를 보는 일은 종합 성적을 받을 수 있는 시험대인 셈이야."

이한열은 높은 성적을 받는 일에 대해서는 익숙했다.

과거에서 진사로 올라설 수 있는 사람은 극소수다.

이한열은 극한 경쟁에 참으로 잘 적응하였다.

과거 급제를 한 진사로서 강호 무림에서 싸우고 있는 이한열은 두루두루 행운을 얻었다. 과거에 합격할 정도로 뛰어난 오성과 함께 황실에서 얻었던 많은 기연들, 관리 생활을 하면서 획득한 탁월한 임기응변 능력은 이한열을 더욱 빛나게 만들어 줬다.

이지적인 철학과 확고한 이기주의 원칙을 갖고 대명의 막대한 뒷배경을 효과적으로 이용하는 이한열은 강호 무림에서도 훌륭한 실적을 일궈 내고 있었다.

하지만 이런 실적이 계속해서 이어진다고 장담할 수는 없었다.

그렇기에 고민하는 중이었다.

"나의 현재 위치는 어디일까? 나는 어디로 가는 중인가?"

이한열이 스스로에게 물었다.

두 질문에 대해 고민하고 분석하면서 현재 위치와 지향하는 바를 알아 갔다.

그는 싸우는 동시에 항상 고뇌하는 학자였다.

학업을 통해 과거에 급제한 진사인 그는 본질적으로 학자에 보다 가까웠다.

공부를 하면서 익힌 모든 것은 강호 무림 업무에 대한 책임과 관리, 실력을 키워야 하는 무공 수련 등의 과정이 수레바퀴처럼 원활히 돌아갈 수 있도록 도와주었다.

합리적이면서 공정하게 지성과 마음에 견고하고도 단단한 성을 쌓았다. 결코 무너지지 않도록 증축하는 동시에 지속적으로 유지 보수에 힘을 쏟았다.

이한열이 두 질문에 대해 고민하고 분석하면서 스스로의 위치와 지향하는 바를 정리했다.

"나의 현재 위치는 대명의 관리인 동시에 무인이다. 그리고 앞으로 나아갈 길은 천하제일인이며, 고금제일마 혈마를 쫓아가고 싶다."

이한열은 바라는 바를 달성하기 위해서 자신에 대해 객관적이고 정확하게 분석하였다. 그리고 개선하고 보완할 단기적인 계획과 전술, 그리고 장기적인 전략 등을 수립해야 한다고 판단했다.

그러나 복잡한 변수들이 워낙 많았다.

그렇기에 분석하는 단계에서 객관화하기가 힘들었고, 자신의 위치를 판단하기도 애매한 부분이 적지 않았다. 그래서 머릿속에서 계획과 전술, 전략 등이 만들어졌다 지워지기를 수없이 반복했다.

초롱! 초롱!

이한열의 두 눈이 밤하늘의 별처럼 반짝였다.

사색은 그의 힘이자 성장의 자양분이었다.

고뇌하고 있는 시간과 열정은 이한열을 보다 높은 곳으로 이끌어 갔다. 그리고 그만큼 꿈과 희망을 이루는 데 있어 도움이 되었다.

사색과 성찰이 이한열에게 자신감을 갖게 해 주었고, 향후 일을 진행하는 데 많은 힘을 주었다. 이한열에게서 열심히 하고자 하는 의욕이 넘쳐 났다.

화르르! 화르르!

영롱하게 빛나는 두 눈동자가 열정으로 불타고 있었다.

머릿속을 떠도는 수많은 사념들이 열정과 희망을 현실에 맞게 구체화하고 강호 무림에서 지속적으로 맞춰 나갈 수 있도록 수없이 많이 개조되었다.

"매 순간이 승부다."

대명의 관리로서 언젠가는 강호행을 멈추고 다시금 조정으로 돌아가야겠지만 이한열은 무인행의 찰나조차 허투루 여기지 않았다. 적당히 강호행을 하다가 관리로 돌아가기를 바라는 간사한 마음을 훌훌 던져 버렸다.

"가볍고 간사한 생각은 마음을 병들게 한다. 철저하게 마음을 다잡아야 승부를 하여 승리할 수 있다. 내적 소통을 통해 나부터 설득시켜야 한다. 나를 이기지 못하는데 어찌 타인을 넘을 수 있을까!"

미래에 대한 장밋빛 미래를 그리고 있는 이한열은 마음을 움직이는 법을 알고 있었다.

마음의 사념에는 끝이 없다.

이한열은 형식에 얽매이지 않고 자유로운 마음을 지녔다.

그렇기에 오래전부터 논리와 형식에 얽매이지 않고 부정부패를 능력껏 그리고 마음껏 저지르면서도 절묘하게 경계선을 넘지 않고 행동했다.

그런 탓인지 어느 한곳에 묶이지 않으면서 자유롭게 생각하였다. 마구 떠오르는 생각들이 이한열을 더욱 편하게 만들어 줬다. 일반인들이라면 머리가 복잡해질 정도로 많은 사념들 앞에서도 이한열은 즐길 수 있었다.

자유롭다는 의미는 이 눈치 저 눈치 보지 않고 제멋대로 날뛰는 것이나 진배없었다.

하나의 생각들이 꼬리에 꼬리를 물고 이어졌고, 그런 생각들이 계속적으로 늘어났다. 셀 수 없을 정도로 방대한 양의 사고는 끊임없이 계속 이어졌다.

번뇌를 즐기는 순간 이한열의 가치와 능력은 점점 깊어져만 갔다.

씨익!

신선하고도 충격적인 사념들이 이한열의 심신을 더욱 강건하게 해 줬고, 익숙한 사념들이 중용의 도에 따라 도도하게 휘몰아쳤다.

선명해지는 사념들도 있고 반대로 어떤 것들은 안개에 휩싸인 것처럼 희미해지기도 했다.

"알수록 알 수 없는 것이 바로 도이지."

이한열은 희미해져 가는 걸 억지로 밝히려고 하지 않았다. 억지로 매달리는 것이 도에서 벗어난다는 걸 알고 있었기 때문이다. 그래서 단지 독특하고 흥미롭게 바라보고 사념할 뿐이었다. 끝이 없는 사념들과 함께 많은 시간을 보낼 수 있어서 즐거웠다.

과거와 현재, 그리고 미래를 보는 방법은 사념과 함께 어울리는 것이라고 이한열을 예전부터 믿어 왔다.

"공자도 상갓집 개라고 스스로의 신성을 걷어 버렸다. 그런데 내가 어찌 도를 안다고 자부할 수 있는가? 그저 함께 어울릴 뿐이다."

이한열은 상갓집 개에 대해서 떠올렸다.

유학을 공부한 학자들에게 상갓집 개라는 표현은 커다란 신성 모독이었다.

엄밀하게 말해 상갓집 개는 공자가 자신을 일부러 폄하하고자 해서 붙인 것이 아니었다. 상갓집의 개라는 표현은 사마천의 사기에 나온다.

세상사의 이치에 통달한 성인으로 여겨지는 공자도 인생 후반부는 나그네를 뛰어넘어 상갓집의 개로 살았다. 오십 대 중반부터 육십 대 후반까지 공자는 십사 년이라는 시간 동안 이리저리 떠돌아다녀야 했다.

그는 이 기간 동안 죽을 고비를 네 번이나 넘겼고, 그날그날의 끼니와 잠자리를 걱정해야 했으며, 강도에게 포위되어 열흘 이상 굶주린 적도 있었다.

상갓집의 개는 밥을 줄 주인이 없는 개다.

먹을거리를 주는 주인이 없으니 동네를 돌아다니며 음식 찌꺼기를 상황 되는 대로 주워 먹어야 하고, 안정된 잠자리 없이 길바닥에서 생활하는 개.

성인으로만 알려진 공자는 사실 되는 일도 없고, 운도 없어 그저 떠돌아다녀야 했던 것이다.

유학자들은 성인인 공자만 알지, 상갓집 개의 생활을 했던 그의 불행한 삶에 대해서는 무관심하기 짝이 없었다. 치욕적인 궁형을 당하고 처절하게 살아야만 했던 사마천은 공자의 떠돌이 인생에서 깊은 동병상련을 느껴 사기에 자세하게 기록했다.

성인으로 추앙받고 있는 공자는 상갓집 개를 부정하지 않고 순수하게 받아들였다. 오히려 집 잃은 개 같다는 표현을 매우 정확하다고 담담하게 말하기도 했다.

그렇게 신성을 벗은 공자에 대한 가장 대표적인 표현은 상갓집 개다.

살아가면서 구도를 한다는 것은 성인에게도 쉽지 않았다는 점을 사기가 분명하게 알려 주고 있다.

"홀로 걷지만 사실상 구도의 길이 고독하기만 한 건 아니지."

이한열은 허전할 수도 있는 구도의 길을 선각자와 선학들과 함께 동행했다. 일방적인 요청이었지만 먼저 길을 걸어갔던 분들의 거절은 없었다. 그도 그럴 것이 그들의 현묘한 내공은 논어와 도덕경 등과 같은 책의 구결들로 가득 넘쳐 나고 있었기 때문이었다.

선각자와 선학들의 도움을 이용하여 이한열은 전방위적으로 필요한 것을 분석했다. 그러자 어느 정도 머릿속이 정리가 되어 갔다. 물론 그 정리가 완벽한 정답은 아니었다. 정답에 가까워지려고 하는 수많은 사념들이었다.

"나 자신의 강점과 약점은 내부 요인이라고 말할 수 있다."

이한열은 주제와 분수를 알아 가면서 자신의 강점과 약점을 인지했다. 스스로를 객관적으로 분석할 수 있었기에 미래가 더욱 선명해졌고 자신감도 불어났다.

"주변의 기회와 위협은 외적 요인이다. 내부 요인과 외부 요인으로 나누어 나의 상황을 모두 정리할 수 있지."

강호 진출은 이한열에게 기회인 동시에 위협이었다.

진사로서 강호 무림에 진출하여 품격을 놓으면서 유연한 전술과 전략을 세우는 건 좋은 기회였다. 하지만 강력한 초인들이 즐비한 강호 무림에서 무인으로 살아간다는 건 바늘 위에서 살아가는 것과 똑같았다. 칼 밥을 먹고 살아가는 무인들은 언제 목숨을 잃어도 이상하지 않았다.

"항상 생각하는 것이지만 객관화하는 것은 핵심적이면서

간단한 것이 좋아."

몰입하기 쉽고, 진척 상황이 일목요연하게 눈에 들어오게 하는 법을 이한열은 잘 알았다.

그러나 이건 어디까지 계획일 뿐이었다.

실제 강호 무림에서 움직이면 많은 난관과 저항에 부딪치게 된다. 어려운 위기를 넘어서기 위해서는 합리적이면서 탄탄하고 현묘한 세부 계획이 필요하다.

이한열이 공부를 통해 습득한 지식들을 실천으로 옮겨 결과를 만들어 냈고, 지금도 많은 선각자들과 교류하면서 배움의 길을 걸어갔다.

"간단할수록 오류가 줄어들고 수정이 용이하다."

이한열은 머릿속에서 무수히 많은 실패를 경험하고 있었다.

실패하지 않고 성공한 사람은 찾아보기 힘들고, 노력하지 않고 결과를 얻기란 지난하다. 사람은 부족함이 있기에 더 많이 도전하고 더 많이 실패함으로써 현명해진다.

"아! 이건 내가 잘못 짚었구나. 아주 심하게! 수정하자."

이한열이 낮은 목소리로 명확하고 스스로 알아들을 수 있게 또박또박 말했다.

자신에게 각인시키는 과정이었다.

실패를 통해 얻는 경험들은 정말 소중했다.

그것들이 이한열을 더 크게 비상하는 기반이 됐다. 성공했을 때보다 잘못된 점을 찾을 때 거대한 힘을 얻을 수 있었다. 완벽하지 않고 부족하기에 채워 넣을 수 있었고, 앞으로 나아갈 수 있었다.

높은 꿈을 꾸고 있는 이한열은 한 번도 멈춰 서지 않았다.

도전하고 끝까지 포기하지 않는다면 아무리 넘기 힘든 난관이 다가온다고 해도 언젠가는 꿈을 꼭 이룰 수 있다. 꿈꾸는 동안은 행복하고 열정이 생긴다. 희망을 잃어버리면 과녁 없는 화살처럼 허공을 헤매다 추락하고 만다.

객관화, 오류 수정, 도전!

자신에 대해 객관적이고 정확하게 알기란 쉬운 일이 아니다.

그러나 이한열은 자신의 현재 위치를 정확히 알았고, 자신이 가고자 하는 길을 내다보고 있었다. 무엇이 부족한지 알았기에 바로 메울 수 있었다.

학사인 그는 미리 준비하는 자다.

머릿속에 떠오르는 사념들에 하나하나 실행 계획을 세웠고, 각 실행 계획에 대해 하나하나 구체적인 실천을 만들어 나갔다.

그렇게 시간이 흘렀다.

우주처럼 헤아릴 수 없는 사념의 공간에서 이한열의 심신이 마음껏 헤엄쳤다.

밤을 새워 가면서 그가 새로운 곳을 향해 나아갔다.

지금껏 경험해 보지 못한 미지의 탐험과 함께 이한열의 전신에 경건하면서 신성한 기운이 맴돌았다.

우우우우! 우우우우우!

산의 물소리처럼 들리는 기묘한 소리는 무척이나 자연스러웠다.

자연스러운 산과 물의 소리라고 할까?

그 울음은 자연의 기운을 띄고 있었다. 마치 춤을 추듯 움직이는 산과 물의 소리가 들려주는 울림은 실로 아름다웠다. 이한열의 몸과 마음을 타고 흐르는 산과 물이었다. 표홀하게 움직이는 산과 물의 소리는 예사롭지 않았다.

산과 물이 자꾸 이한열에게 뭔가를 물어 왔다.

"훗!"

이한열이 웃었다.

그는 자연의 기운을 품고 있는 산과 물의 뜻과 의지를 제대로 알아듣지 못했다.

인지한 순간 이미 대자연의 기운이 아니었기 때문이었다.

"이기적인 내 마음과 섞였구나. 순수하지 않고 혼탁해졌어."

이한열은 종속된 자연의 기운을 향해 손을 내밀었다.

우우우웅! 우우우우우!

산고 물의 소리가 보다 농염해졌다.

"지혜로운 사람은 물을 좋아하고, 어진 사람을 산을 좋아
한다. 지혜로운 사람은 움직이고, 어진 사람을 고요히 있다.
지혜로움 사람을 즐기고, 어진 사람은 장수한다."

논어의 옹야 편에 나오는 구절로 높은 산과 흐르는 물은
군자의 지조를 상징한다는 부분이다.

산의 성질은 움직이지 않는 것이고, 그것은 어진 사람이
인(仁)을 편하게 여기를 것을 뜻한다. 어진 사람은 인을 편
안하게 여기기 때문에 오래갈 수 있다. 그러므로 장수한다는
의미이다.

물의 성격은 움직이는 것이고, 그것은 지혜로운 사람이 인
을 이용하는 것을 상징한다. 지혜로운 사람은 인을 이용하
기 때문에 다른 사람을 기쁘게 할 수 있다. 그렇기 때문에 즐
긴다고 한다.

"산과 물, 인과 지는 이미 내 마음속에 들어와 있는 씨앗
이다. 요산과 요수는 군자의 두 즐거움인 셈이다. 그리고 나
의 즐거움은……."

이한열이 스스로에게 물으면서 방긋 웃었다.

그의 머릿속에 떠오른 즐거움은 요산과 요수와 비슷했다.
아니, 오히려 군자의 즐거움보다 더욱 드높았다고 봐야 했

다.

적어도 이한열은 자신에게 솔직했다.

"아름다운 미인의 몸에서 흘러내리는 비단옷 소리는 요수의 즐거움보다 높고, 콧대 높은 여인에게 술잔을 받는 건 요산보다 묵직하다."

한가롭게 마음에 드는 아름다운 여인과 놀 때가 군자의 즐거움보다 더욱 좋았다. 세속적인 때가 탄 이한열은 이른바 속물이었다.

"아름다운 여인과 산해진미를 먹고 감미로운 술을 마실 때 흔쾌하고 즐겁다. 즐거움에 있어 어찌 도를 논하겠는가? 스스로 만족하면 그만일 뿐이다."

대단히 현실적인 이한열이 안분지족에 대해서 통달한 상태였다.

잘 알려진 논어의 구절은 공부를 제대로 한 학사라면 누구나 알지만 사실 온전히 이해한 사람은 적다. 이해하기가 만만치 않은 가르침이다.

군자가 말하는 즐거움의 도는 세계를 망라하는 그물, 즉 천망의 의미이다. 하늘을 망라하는 그물은 성글기 그지없지만 하나도 놓치는 법이 없다.

군자는 천망에서 벗어난 사람이라고 할 수 있다.

"천망에 얽힌다고 해도 세속의 즐거움을 위해서라면 기꺼이 몸을 더럽힐 수 있다."

이한열은 탐관오리와 비슷했다.

아니, 어떻게 보면 그 부패의 정도는 더욱 심했다.

"후후후후!"

뭐가 그리도 재미있는지 이한열의 입매가 비틀리면서 웃음이 새어 나왔다. 얼마나 재미있는지 자지러질 정도로 몸이 흔들리기까지 했다.

한참을 실없이 웃는 이한열의 입가에는 진한 미소가 떠나지 않았다. 진한 웃음과 웃음소리는 자신에 대한 상황 파악이 끝나 만족한 내면의 표출이었다.

씨익!

만약 실내에 다른 사람들이 있다면 이상하게 쳐다보았겠지만 이한열은 만족하며 만끽했다.

"나는 내가 좋다."

이한열은 활짝 웃었다.

자신을 사랑하는 데서 나오는 그 웃음이 너무 매혹적이었다. 스스로를 사랑하기에 더욱 탐관오리가 될 수 있었다. 그런데 무턱대고 미워만 할 수 있는 탐관오리가 아니었다.

탐관오리의 도!

이한열은 스스로의 도를 세워 나갔다.

탐관오리들을 잡아먹으면서 백성들을 이롭게 만드는 탐

관오리였다. 선악을 분명하게 알기에 악을 벌하고 잡아먹을 수 있었고, 선으로 널리 백성들의 생활에 이롭게 베푸는 것이 가능했다.

이한열은 역에서 순의 기능을 찾아내는 능력자였다. 나쁘고 좋지 않은 일들에서 좋은 효과를 지속적으로 이끌어 냈다.

"내가 아니면 누가 지옥에 가리!"

아전인수 격으로 불교의 지고한 가르침이 이한열의 탐욕에 응용됐다. 지옥에 가서 중생을 구제한 부처가 들으면 천인공노할 수도 있는 말이었다.

틀리지 않고 옳다!

이한열이 진정 스스로 바르다고 믿고 있었다. 그동안 축적했던 지식들을 총동원하여 자신만의 깨달음의 방식으로 바꿔 버렸다.

화르르! 화르르!

스스로 납득하고 인정하면서 지옥에 직접 가서 중생을 구제한 부처처럼 이한열의 마음이 뜨거워져 갔다.

불교에서 깨달음을 얻은 사람은 생사 거래가 의미가 없다고 본다. 그렇기에 부처가 지옥에도 마음대로 가서 깨달음을 전파할 수가 있었다. 깨달음을 간직하고 있는 사람에게는 천국과 지옥에 의미가 없다. 그리고 중생 구제의 방법으로 살생을 펼칠 수도 있다.

"지옥에 가지 않아도 현세에 쓸어버릴 인간들이 많다. 이미 한편에서는 현세에 지옥이 강림했다는 말을 하고 있으니까."

홍수와 가뭄, 지진 등의 천재지변이 빈번하게 일어나고 있는 현세는 살아 있는 지옥이나 마찬가지다. 그리고 어수선한 세상을 더욱 혼란스럽게 만드는 건 바로 인간들이었다.

악귀와 나찰처럼 날뛰는 사람들이 어디 한둘인가? 그들로 인해 속세는 점점 어지러워지고 있었다. 그렇기에 강호 무림이 혼탁해졌고, 대명조정과 황실까지 흔들렸다.

인면수심의 마음을 가진 악귀와 나찰 같은 망종들이 이한열을 유혹하고 있었다.

악귀와 나찰들에게 시달리는 사람들의 고통은 실로 무지막지하다.

그 사람들에게 현세는 지옥인 셈이다.

"나의 중생 구제의 도는 탐관오리이다."

탐욕이 많고 행실이 좋지 않은 이한열은 관과 무림에서 세속의 때에 물든 사람들을 잡아먹었다. 동시에 덕과 도를 닦고 수양을 쌓아서 성장했다. 그 과정에서 자연스럽게 불쌍한 중생들이 구제됐다.

"나는 배타적이고, 독선적이고, 이기적이다."

이한열이 스스로의 진리를 드높였다.

파아앗! 파앗!

그의 두 눈이 횃불처럼 강렬하게 타오르는 가운데 신성의 기운을 뿜어 댔다. 탐관오리의 도, 마음의 진리가 빛을 발하면서 일어나는 변화였다.

평생 수행을 쌓고 도를 닦은 승려와 도사처럼 이한열의 마음에도 진리의 도가 생성됐다.

더러운 개천에 아름다운 연꽃이 피어난다.

도에는 선악의 의미가 없다.

악의 길을 걸으면서도 수행을 쌓고 경지에 이른다면 지고한 도의 한 자락을 움켜잡을 수 있다.

지금의 이한열처럼 말이다.

이한열은 자기가 맡은 일에 충실하고 최선을 다했고, 결국 지고한 도의 일부분을 탐욕스럽게 획득했다. 갈망하고 집착하였기에 얻을 수 있었다. 비우지 않고 꾹꾹 채워 넣었기에 지고한 경지의 맛을 볼 수 있었다.

이것은 이한열의 진정한 강함의 시작이었다.

휘이이이이! 휘이이잉!

어두운 하늘 아래 서 있는 산과 흘러가는 물이 이한열에게 물어 왔다. 정확한 의미는 아니지만 대략적으로 비슷한 뜻이었다.

'지금 행복한가?'

자연의 의지를 느끼고 인지했다는 자체만으로도 이한열의 비약적인 상승을 의미했다.

행복은 명확하게 정의가 내려지지 않았다.

행복의 가치는 지극히 개인적이고 주관적이며 동시에 객관적이기도 하다. 행복은 개인의 취향에 따라서 정의되고, 사회적인 통념에 따라 가치가 매겨지기도 한다.

행복은 정의하기 어렵고 잘 잡히지도 않는다.

그렇기에 행복의 본질을 찾기 위해 사람들은 매 순간 노력한다. 행복을 찾다가 수많은 시간을 보낼 수도 있다. 그 결과 검은 머리가 파뿌리 될 때까지 시간을 보내는 경우도 왕왕 발생한다.

행복은 멀리 있는 것이 아니라 사람의 내면에 있다.

대자연의 의지가 이한열에 행복을 상기시켜 줬다.

"행복하다."

자연에게조차 사랑받고 있는 이한열은 현재에 만족하며 앞으로도 즐거움을 만끽할 준비가 되어 있었다.

스으윽! 스으윽!

짙게 깔려 있던 어둠이 희미해진 지 오래였다. 새벽녘의 어슴푸레한 어둠을 뚫고 점점 세상이 밝아져 갔다. 서서히 바뀌는 세상의 분위기는 매혹적이었다.

몰래 간직하고 있던 아름다움을 대자연이 보여 주고 있다 할까?

찰나의 순간과 순간에서 세상의 아름다움이 지속적으로 피어났다. 사소한 일상인 동시에 찰나면서 영원인 행복의 순간에서 이한열의 깨달음이 꽃을 피웠다.

행복은 쾌락이 아닌 의미 있는 구도의 길이다.

밤을 새면서 구도의 길을 걸었던 이한열은 행복의 의미를 깨닫고 보장받았다. 탐관오리는 단순한 기호가 아닌 이한열에게 있어 절대적인 기준이자 고고한 도였다.

사실 탐관오리의 짓을 저지르면서 이한열은 간혹 석연치 않은 느낌을 받았다. 나쁜 짓이라고 생각하였기에 왠지 어설프고 억지스러웠으며 황제와 주수선 군주 마마 앞에서 기를 제대로 펴지 못했다.

그건 모호하고 손에 잡히지 않았던 가치관과 절대적인 도의 기준 때문이었다.

하지만 이제는 아니었다.

절대적인 탐관오리의 도를 세웠기에 황제와 주수선 앞에서도 떳떳함을 유지할 수 있었다.

어느 사람에게 있어 근간이 되는 건 가치관과 철학이다.

이한열이 세운 탐관오리의 도는 이제 막 만들어져 따끈따끈한 체온으로 살아서 숨을 쉬고 있었다. 그리고 탐욕 어린 그의 도는 싸우고 쟁취하면서 창조한 것이었다.

"피 흘리는 싸움은 나의 인생에서 결코 벗어날 수가 없겠구나."

이한열은 행복하기 위해서 피를 묻혀야 한다는 걸 깨닫고 인지하였다. 탐욕의 도를 세웠기에 평생 싸워야 하는 숙명을 가졌다.

자신만의 도를 세운 이한열이 고고하게 높을 곳을 바라보며 빛나고 있었다.

第七章

신성

강호에 나온 뒤로 이한열의 독서 시간이 줄어들었다.

집이 가난한 탓에 정말 간절히 성공하고 싶었던 그는 독서가 최고의 재산임을 잘 알고 있었다. 책을 통해 주어진 가능성을 포기하지 않고 더 나아지기 위해 노력했다.

입신양명의 수단으로 활용하기 위해 책과 씨름을 하던 순간도 있었지만 이내 바뀌었다. 책은 수단과 목표가 아닌 이 세상의 삶이 다할 때까지 평생 함께해야 할 동반자임을 깨달았기 때문이었다.

"오늘을 제대로 살기 위해서는 독서를 하고, 내일을 제대로 살기 위해서도 독서를 해야 한다."

이한열에게 책이란 과거와 현재 그리고 미래를 연결 짓는 무궁무진한 가르침이 담겨져 있는 물건이었다.

장원에 도서관을 만들고 세상의 희귀한 책들과 골동품 등을 구매하도록 막대한 금액을 투자하고 있었다.

이한열이 도서관에 모인 책들을 살폈다.

동시에 자신이 앞으로 저술해야 하는 책들의 내용들에 대해서도 사색하였다.

그는 독자인 동시에 저자였다.

뜻을 세우고 난 뒤 이한열은 백도와 정총에 전혀 우호적인 태도를 보이지 않았다. 백도의 고고한 정의를 이해하고 있지만 그와 비례하여 추악한 면도 면밀히 추적하였다.

이한열의 작품에는 성선설과 성악설 등을 비롯한 이야기와 이중적인 인간 본성에 관한 견해가 함께 실려 있었다. 인간의 존재에 대해서 접근하는 자체가 난해하고 포괄적이었다.

그렇기에 학자로서 면밀하게 연구하고 분석하기 위해 힘을 보탰다.

이한열은 저작물을 통해 자신의 이상과 철학을 사람들이 이해해 주길 바랐다.

그는 저술을 시작하면서 정총과 백도인들의 적대를 예상하고 있었다. 사마외도의 주인공을 내세워 백도의 잘못된 점을 지적하고 있으니 당연한 일이었다. 하지만 백도와 정총 내부에서 일어나는 반성과 자정 과정에 대해서는 감히 예측을 하지 못했다. 한편으로 온갖 비리와 잘못된 구조에서도 정의가 바로 서지 않을까 하고 조심스레 생각했을 뿐이다.

백도는 정의를 의지해야만 비로소 제 뜻을 펼치는 진영이기 때문이었다.

이한열의 저작물은 세속의 풍파에 짙게 찌든 백도와 정총의 부정부패를 끊는 정의의 칼날이기도 했다.

그런 칼날을 더욱 예리하게 다듬고 밝은 정신을 사회에 퍼트리기 위해서 이한열이 오늘도 공부에 열심이었다.

슥!

이한열이 책을 들었다.

하루 이틀 책을 읽지 않고 지나가면 학사는 나태하고 무도해지기 마련이다. 머릿속의 지식은 그대로일지 몰라도 지혜는 사라지고 어리석어진다.

독서의 참된 효과는 지식과 정보의 확장에 있는 것이 아니라 마음의 수련에 있다. 마음의 수련은 생각을 확장시키고, 의지를 하늘과 땅 그리고 우주에까지 닿게 만든다.

과도기인 세상은 점점 더 빨리 그리고 더 급격하게 변화하고 있었다.

이한열은 더욱 자유롭고, 강하고, 부유해질 수 있도록 책을 손에 잡았다.

슥!

금방이라도 바스러질 것처럼 오래된 고서가 그의 손에 들렸다.

"탐라 설화집이라!"

이한열의 눈동자가 황홀하게 빛났다.

동해에 있다는 전설적인 섬 탐라는 삼국지 위서 동이전의 한조에 주호라고 기록되어 있었다. 주호의 사람들은 배를 타고 한과 내왕하며 교역을 한다고 하였다.

탐라국은 만리장성 너머 존재하였다는 누란왕국보다 더욱 신비스러운 나라였다. 지금은 비록 사라졌지만 아직까지 그 전설과 신비가 도도하게 남아 있었다.

그 전설과 신비가 간직되어 있는 책이 이한열의 손에 들렸다.

천자또는 한라 영산의 백록담에서 태어났다. 일곱 살이 되어서 온갖 학문을 다 섭렵한 뒤에 열다섯이 되자 한 아름 넘는 책과 한 줌 넘는 붓에 삼천 장 먹을 갈아서 옥황에 가면 옥황의 소임을 맡고 지하에 가면 지하 소임을 맡아 일했다. 그러다 옥황의 명을 받아 상 세화리 손드랑마루에 내려서서 여덟 간 되는 큰 집을 짓고 본향신으로 좌정했다. 천자또는 백메, 백돌래에 청감주와 계란 안주를 받아서 잡수었다.

그때 임정국 따님으로 백조애기가 태어나니 천자또의 외손녀였다. 일곱 살에 부모의 눈에 거슬린 백조애기는 용왕국의 일곱 외삼촌을 찾아갔다. 일곱 외삼촌에게 온갖 능력을 배우고 다시 부모를 찾아갔으나, 백조애기의 부모는 가고 싶은 대로 나가라며 딸을 그대로 내쫓았다.

울며 나온 백조애기가 천기를 짚어 보니 외조부가 탐라 한라산에 사니, 그 길로 탐라로 향했다.

"탐라의 신성한 한라산에서 솟아났다는 천자또는 무척이나 크고 귀한 신인 셈이야."

이한열은 책의 문맥을 통해 천자또의 위엄을 느낄 수 있었다.

하늘에 가면 하늘의 소임을 맡고 지하에 가면 지하의 소임을 맡는다는 것은 아무에게나 적용할 수 없는 고귀한 표현이었다. 천지를 함께 움직이는 힘을 가지고 있다는 뜻으로 해석이 가능했다.

"시간이 되면 하늘과 맞닿아 있다는 신령한 한라산에 찾아가 보고 싶군."

배교의 신을 몸 안에 받아들인 이한열은 천자또의 영향력을 미미하게나마 느낄 수 있었다.

탐라에서는 이한열과 같은 존재를 심방이라고 칭한다.

일반적인 통칭으로 무당이란 말을 쓰기도 하나 심방은 무당보다 우위에 있는 존재이다. 심방은 신령과 인간의 중간에 서서 신령과 접촉, 교섭하여 인간의 소원을 성취시켜 주는 직능자이다.

그 소원을 성취시키는 방법은 여러 가지가 있다.

"배교의 술법, 주술과 대동소이한 면이 많아. 하지만 심방 특유의 비법들도 있다."

이한열의 눈빛이 밤하늘의 별처럼 영롱하게 빛났다.

신령을 청해 소원을 간절히 빌어 신령으로 하여금 그것을 들어주게 하는 방법, 악귀를 쫓아내어 재앙을 없애는 방법, 유감 주술적인 행사를 하여 소원이 이루어지게 하는 방법 등이 있었고, 이러한 방법들을 행하는 과정에서 신령의 의지를 점쳐 알고 그것을 기원자에게 전달하는 언행 등이 심방이 가진 독특한 비법이었다.

배교의 주술은 신과의 접속을 위해 필요한 예법이자 신앙이었다. 주술을 펼치기 위한 주문은 신을 받아들이기 위한 주문에 음의 고저장단을 지닌 일종의 노래인 셈이었다.

"탐라의 무가는 주술선과 종교성을 함께 가지고 있어. 이런 부분은 종교인 배교 주술에도 그대로 통용될 수 있지."

종교에는 자고로 노래가 빠지지 않는 법이다.

지금은 절전되어 제대로 내려오고 있지 않지만 배교에도 노래가 있다.

그리고 무가는 주술과 종교성을 본질로 하면서 문학성을 띠고 있어서 그 문학적 측면을 놓칠 수가 없다. 학자인 이한열은 문학적 측면을 중시하여 살폈다.

이한열은 오늘보다 더 나은 내일을 만들어 가기 위해 자신과 세상에 대한 성찰과 탐구를 이어 나갔다. 그리고 그것을 가능하게 해 주는 가장 효과적인 길이 독서라는 걸 잘 알았다.

백조애기가 일천 선비와 헤어지고 남해에 이르러 탐라국을 향해 가려 하니 사공들이 고개를 저었다.

탐라 여인은 뭍에 못 가고 뭍의 여인은 탐라에 못 가는 법이므로 배를 빌려줄 수 없다는 것이었다.

백조애기가 청부채를 내어 동쪽으로, 서쪽으로 살랑살랑 바람을 내자 온 바다에 짙은 안개가 끼고 풍랑이 일었다. 배를 띄울 수 없어진 사공들이 점을 쳐 보니 백조애기를 태우면 안개가 걷히고 풍랑이 가라앉을지니, 무사히 바다를 건너갈 수 있다고 했다. 할 수 없

이 사공들이 백조애기를 싣고 배를 띄우자 비로소 안
개가 걷히고 바다가 잠잠했다.

"파초선보다 더한 부채로구나. 호풍환우를 할 수 있다니
참으로 신묘한 청부채이다."

이한열이 탄성을 터트렸다.

사람들은 대국인 명나라를 치켜세우고 있지만 사실 있는
지도 모르는 변방의 작은 나라 탐라국에도 민족의 삶을 지켜
보고 보듬어 준 정겹고도 설운 신들이 있었다.

신비롭고 경이로운 존재들이 가진 놀라운 능력과 사연들
이 이한열의 가슴에 콕콕 들어와서 박혔다. 책에 새겨진 글귀
들이 성스럽게 심신으로 흘러들어왔다.

"비록 잊혀져 가고 있지만 탐라는 하찮은 변방의 땅이 아
니야. 책에 녹아들어 있는 이야기만 봐도 그런 사실을 분명하
게 알 수 있어."

이한열은 탐라국의 비전에 담겨져 있는 힘을 어렴풋이 느
끼고 있었다.

하찮은 변방의 땅으로 여기고 있는 중원인들의 통념에 정
면으로 맞서는 주체적이면서 도전적인 사고가 책에 넘쳐났
다.

평화를 사랑하는 탐라국 사람들이었기에 칼을 앞세운 이

들에 의해 망국의 길을 걸어갔을 뿐이었다. 그렇지만 탐라국의 고귀함과 신비한 능력은 하늘도 놀랄 지경이었다.

중화인들은 세상의 중심이 바로 중원이라고 여기고 있었다.

하지만 그건 세상을 그릇되게 바라보는 잘못된 편견일 뿐이었다.

"세상의 중심은 바로 자신이 있는 곳이다. 내가 있는 곳이 바로 우주의 중심인 것이다."

탐라의 서사적인 신화에는 자존의 철학이 깃들어 있었다.

"이 신화에서 유달리 관심을 끄는 건 바로 신과 인간의 관계다."

이한열은 배교의 교주로서 신과 인간의 관계에 대해 고민한 적이 있었다.

교주는 교도들을 이끌어가야 할 막중한 책임을 가지고 있었다. 교도들은 교주를 섬기고 신을 정성껏 받들어야 할 의무와 권리, 책임을 가지고 있었다.

신과 교주, 교도들은 나름의 관계가 형성된다.

신은 가지고 있는 능력을 기꺼이 베풀어서 교주를 지켜 주고 교주는 교도에게 명과 복을 전해 주게 된다. 이런 관계는 일시적으로 그치지 않고 평생토록 이어지며 자식에게로까지 대물림되는 것이 상례다.

이한열은 신화가 단순한 상상적 이야기를 넘어서 삶을 실질적으로 움직이는 강력한 힘을 가진 이야기였다는 걸 새삼 깨달을 수 있었다.

"내 힘을 키울 수 있는 방법 가운데 하나가 신을 믿고 받아들이는 것이군."

이한열은 자신이 성장할 수 있는 길을 찾아냈다.

지금까지 이성의 능력으로 수많은 땀방울을 흘리면서 성공해 온 이한열에게는 다소 색다른 발전 방법이었다.

그러나 이것은 배교의 교주에 이른 이한열에게는 필연적으로 필요한 것이었다. 교주로서 신을 굳게 믿는 것이 바로 이한열의 임무이기도 했다. 그렇지 않으면 배교로부터 받은 힘은 사멸할 수밖에 없었다.

이한열이 가지고 있는 힘의 근간은 바로 배교에 있었다. 힘이 줄어들게 되면 자연스레 위축될 수밖에 없었고, 적이 많은 이한열의 위기로 이어지게 된다.

이한열에게 힘은 매우 중요했다.

"믿습니다."

이한열은 이성적인 판단을 내려놓고 신의 존재를 순수하게 받아들이기로 했다. 그 순간 이한열이 가지고 있던 틀이 깨지면서 더욱 강한 믿음의 기틀이 마련됐다.

우우우웅! 우우우웅!

원인과 결과의 필연적 고기를 발견한 이한열의 몸에서 용음이 일어났다. 이제껏 알려지지 않던 배교의 신비와 전설이 이한열의 뇌리에서 폭죽처럼 터졌다.

믿으면서 지각하게 된 이한열의 몸에서 신성한 기운이 흘렀다. 오롯이 존재해야 하는 걸 떠나서는 만물이 존재하지 않는다는 걸 깨달았다는 의미였다.

신성을 얻었음에도 불구하고 이한열은 여전히 이기적이었다.

이한열은 자신의 변화를 느끼면서도 계속 생각하고 책을 읽었다. 신을 믿고 받아들이면서 크게 영향을 받았다. 그렇지만 학자로서 책을 계속 읽어야 한다는 생각은 변하지 않았다.

신조차 독서를 향한 그의 열망을 덮지 못했다.

그는 책을 읽음으로써 존재하는 학자였다.

독서는 이한열의 정신에 도도하게 영향을 미치고 있었다.

독서를 향한 이한열의 마음은 학자로서의 신앙인 셈이었다. 그렇기에 배교의 신을 받아들이는 신앙과 비교할 때 절대 부족하지 않았다. 아니, 오히려 어렸을 때부터 받아들인 신앙이었기 때문에 배교의 신보다 우선한다고 말할 수 있었다.

내륙 땅 도읍지에는 무위이화 금상이 이름을 떨치고 있었다. 조선의 서울 남산 아양동출에서 솟아난 그는 하늘이 아비요, 땅이 어미인 자였다. 무쇠 갑옷을 입고 무쇠 신을 신은 채, 언월도 비수검을 찬 천하의 명장이었다.

"역적이 될 만한 천하명장이 났습니다."

"그가 누군가?"

"금상이란 자입니다."

"그를 잡아들여라."

임금의 명으로 조선팔도에 무위이화 금상을 잡는 자에게 천금과 벼슬을 내리겠다는 방이 붙었다. 조선팔도의 수많은 장수와 군사들이 남산봉에 몰려들었다.

"너희 같은 장수 수억이 몰려와도 내가 칼을 한 번 휘두르면 끝이다만 너희들의 하나뿐인 생명이 안타까우니 가만히 있으마."

금상이 가만히 있으니 수많은 군사가 한꺼번에 우르르 달려들었다.

하늘과 땅을 부모로 두고 있는 금상이 눈엣가시였던 임금이 잡혀온 금상을 죽이라고 명했다.

하지만 금강불괴인 금상은 발에 밟혀도 먼지 하나

묻지 않았고, 돌에 맞아도 티끌 하나 상처가 없는 무
결점의 사나이였다.

"어떻게 하면 죽일 수 있겠느냐?"

"무쇠 방을 만들어 그 속에 앉힌 뒤 숯 천 석을 내어
서 석 달 열흘 간 불을 때면 죽으리라 생각됩니다."

당장 무쇠 방이 만들어졌다. 숯 천 석이 활활 타올
라 무쇠 방을 시뻘겋게 달궜다.

금상은 술책을 써서 얼음 빙과 눈 설 두 글자를 적
어 깔고 앉았다. 석 달 열흘 불을 때자 단단한 무쇠가
말랑말랑할 지경이었다.

금상이 죽었는지 살펴보기 위해 군사들이 들어왔
다.

"이놈들! 수염에 서리 맺힌 게 보이느냐! 추워서 살
수가 없다."

서슬 퍼런 금상의 외침에 깜짝 놀란 군사들이 문을
닫고 도망쳤다.

"설마 이곳 아니면 살 곳이 없으랴."

결국 금상은 자기를 따르는 군사들과 함께 서울을
떠났다.

"후아! 세상을 단숨에 휘어잡을 엄청난 능력을 지닌 이가

있었구나!"

수억 군사가 덤벼들어도 한칼에 쓸어버릴 수 있었다는 글귀 앞에 이한열이 탄성을 터트렸다. 신화이기에 약간 과장된 면이 없잖아 있어 보이지만 그걸 감안하더라도 여전히 대단하다고 느꼈다.

"무쇠도 녹아내릴 열기를 받으면서 글자를 적어 수염에 서리를 매달게 한 술법이 참으로 대단하다. 배울 수만 있다면 배우고 싶어."

학자인 이한열은 금상처럼 문자를 써서 천지조화를 이루고 싶었다.

상형문자인 한자에는 세상의 이치가 녹아들어 있는데, 그걸 이끌어 내는 건 전적으로 술자의 몫이다. 천지자연의 이치를 얼마나 이해하느냐에 따라 문자로 천지조화를 부리는 것도 가능했다.

안타깝게도 이한열은 아직 금상과 같은 경지에 이르지 못하고 있었다.

"언젠가 꼭 이루고 말리라."

이한열이 다짐했다.

지금은 못한다고 하지만 미래에도 불가능한 건 아니었다.

계속 발전하다 보면 언젠가 그 경지에 이를 수 있는 법이었다.

"세상은 공명정대하지 않아. 황제에게 밉보이면 천하에 이름을 떨치는 장수라고 해도 결국 쫓겨나기 마련이야."

가난하게 살아왔기에 이한열은 세상의 비정한 이치에 대해 일찍이 깨우쳤다. 따뜻한 정과 협이 강물처럼 흐르고 있을 때 편협하고 비틀린 비정의 세계는 바다처럼 넓다는 걸 알았다.

"윗사람들에게는 잘난 아랫사람이 눈엣가시에 불과해. 불온하고 위험한 존재로 낙인찍힌 아랫사람들은 살아남을 수가 없어."

이한열이 북경의 화려한 삶을 미련 없이 버리고 떠난 것은 윗사람인 군주마마의 명령 때문이기도 했지만 금상의 이야기에서 보여 주는 바도 일부 포함되어 있었다.

잘나가는 존재를 그냥 넋 놓고 바라봐 줄 정도로 평안하고 착한 조정이 아니었다. 부조리한 조정은 소위 잘나가는 사람을 대상으로 집중포화를 터트린다.

만약 이한열이 북경에서 더욱 세를 떨치고 명성을 드높였다면 고관대작들과 황실의 높은 사람들에게 찍힐 수도 있었다.

"떠날 때를 알아야 현명한 사람이야."

이한열은 주수선 군주마마의 명을 따라 조정을 훌쩍 떠나왔다.

떠남으로써 북경에 남아 있는 높은 사람들과 원만한 조화를 이뤘다.

이른바 공생의 지혜였다.

일 보 후퇴를 통한 이 보 전진을 노린 도전이기도 했다. 후퇴가 아닌 발전적 진화의 한 과정이라고 볼 수 있었다.

역동적인 이한열은 공존을 택하면서도 앞으로 나아갈 기회를 놓치지 않았다.

"천자또와 금상 같은 탐라의 신들은 투쟁하기보다는 관용의 덕을 보여 주고 있다. 자기의 신역을 지킬 뿐 다른 영역을 넘보거나 싸우지 않아."

이한열은 중원과 다른 탐라의 신들에 많은 호감을 드러냈다.

사실 중원의 신들과 그가 모시고 있는 배교의 신은 탐욕적이며 배타적인 성격이 강했다. 영역을 확장하였고, 영역 안으로 들어온 신들과는 강한 싸움을 일으켰다. 그 와중에 인간들의 희생은 아랑곳하지 않았다.

"탐라의 신들은 인간의 정성 여하에 따라 복을 내릴 뿐 인간의 일에 크게 관여하지 않는다. 이는 인간의 일은 인간들 사이에서 해결하라는 의미이기도 하다."

탐라의 신들의 투쟁적이지 않은 분위기가 학사 이한열은 마음에 들었다.

탐라의 신들은 중대한 사건을 해결할 때 병력을 동원하여 혈전을 벌인다거나 온갖 지모를 동원하여 공방전을 펼치지 않는다. 간단한 시합으로 대사를 결정짓는데, 전력을 다하여 버티지도 않고, 도전자의 집요하고도 부당한 강청에는 슬그머니 포기하기 일쑤였다.

"동방의 단군신화를 보면 호전적인 호랑이를 버리고 인내심이 강한 곰을 선택한 부분이 나온다. 이는 한반도의 백성들이 투쟁이 아닌 지혜를 추구하는 종족이라는 걸 분명하게 알려 주고 있는 셈이다. 그 가운데 탐라의 선각자들은 더욱 고결한 성자의 길을 걸어가고 있어."

이한열은 미개한 오랑캐라고만 여겼던 한민족(韓民族)이 사실은 우주의 조화와 질서를 이치적으로 깨닫고 앞서 나가는 민족이라는 걸 깨달았다.

"비폭력의 힘은 놀랍다. 역시 붓은 칼보다 강해."

이한열은 칼보다 붓을 사랑하는 학사였다.

"시간이 날 때마다 탐라의 설화집을 읽어 봐야겠어. 읽을수록 새로움을 느낄 수 있다."

손에 들린 고풍스러운 책을 바라보는 이한열의 눈빛이 무척이나 뜨거웠다.

이한열이 책을 꼼꼼히 훑어보고 머릿속에 지식과 지혜를 저장했다. 어지러워서 나아가야 할 길이 보이지 않은 시대에 책에서 답을 구하고 있었다.

"이제 부족한 것이 뭔지 알 것 같아. 그리고 내가 나아가야
할 길도 알겠어."

책과 함께하는 이한열의 주위는 무척이나 조용했다.

그가 입을 열지 않으면 마치 모든 세계가 고요하게 잠이
들었다고 생각될 정도였다.

팔락! 팔락!

책장 넘어가는 소리가 무척이나 상쾌했다.

문자와 문장들이 이한열의 뇌리에 솟아올랐다.

뜻과 의지를 품고 있는 문자들이 하나씩 연결되어 문장으
로 탄생하였고, 조심조심 진리를 내보이다가 산산이 흩어지
기를 반복했다. 다시 만난 문자들이 강렬한 빛을 토해 내고,
희미해지면서 사라지고, 해일처럼 솟아올랐다.

우우우우! 우우우웅!

정신세계에서 벌어지고 있는 과정을 이한열은 알알이 받아
들였다. 세상의 진리를 깨우쳐 가면서 점점 더 깊이 있게 파
고 들어갔다. 삼매경에 빠진 그의 눈빛이 화려하게 타올랐다.

부르르! 부르르!

극한의 희열을 맛보고 있는 그의 몸이 요란하게 흔들렸다.
극락과 함께 마음을 다스리고 있었고, 동시에 세상을 다 가
질 정도로 마음이 커져 갔다.

하지만 그는 일그러진 도를 세운 군자였다.

군자의 도란, 처음엔 필부와 필부 사이에서 시작되지만 더 나아가서는 천지 전체에 밝고 뚜렷하게 그 뜻을 퍼트리는 위대한 힘을 지니고 있다.

군자는 사람의 도를 가지고 사람을 다스린다.

이것이 최상의 정치다.

그러나 이한열이 세운 사람의 도는 바로 탐관오리의 도였다.

올바른 도를 세운 군자라면 탐관오리의 도를 보고서 반성해야겠지만 이한열은 급변하는 세상에서 살아남기 위해 오직 자기 자신만을 바라보며 나아가는 이기주의자였다.

그는 넓은 세상을 대인배의 마음으로 받아들이지 않고 자신 안의 이기적인 작은 세계에 갇혀 있는 소인배였다.

소인배는 기회를 잡을 수 있는 횟수가 대인배보다 줄어들기 마련이었다. 자고로 군자란 보다 멀리, 보다 깊이 세상을 바라보고, 스스로를 올바른 도로 다스릴 줄 알아야 했다.

그러면 사방에서 기운이 몰려오는 법이다.

스스로를 구하고, 사람을 구하고, 나라를 구하고, 세상을 구할 수 있다.

그런데 그런 도를 잡을 수 있는 기회가 왔음에도 불구하고 이한열은 계속해서 자신만 최고의 이득을 볼 수 있는 문을 두드리고 있었다.

씨익!

이한열의 입가에 진한 미소가 어렸다.

천생 소인배인 그는 스스로를 위하면서 극한의 즐거움을 찾아갔다.

너무 졸렬해서일까?

진리를 알려 주고 있던 문자와 문장이 일그러진 도를 세운 이한열을 쫓아냈다.

팟!

삼매경이 깨진 이한열의 눈빛이 멍했다.

바람에 종이 바스락거리는 소리와 함께 책의 퀴퀴한 냄새가 그의 정신을 깨워 줬다.

"역시 책과 함께하면 즐거워."

이한열은 스스로에게 책을 선물하고 있었다.

슥!

그가 서가에서 꺼낸 고풍스런 책을 엄숙하게 손에 올려놓았다.

팔락! 팔락!

그가 다시금 책에 집중했다.

오랜 세월을 담고 있어 누렇게 변한 책이 이한열의 좋은 친구가 되었다. 좋은 친구가 담고 있는 검은 글자들이 이한열의 뇌리에서 선명하게 각인되어 갔다.

죽어 있던 글자가 생명을 가지게 되면서 이한열과 대화를 시작했다.

이한열은 책을 읽으면서 마치 살아있는 대학자와 이야기를 나누는 것 같은 기분을 느꼈다. 머릿속 상상의 세계에서 벌어지고 있는 일이었지만 이한열에게는 현실에서 일어나는 일과 똑같이 느껴졌다.

탁!

이한열이 읽은 책을 서가의 원래 자리에 조심스럽게 꽂은 뒤에 다른 책을 읽기 시작했다.

마음의 울림을 듣고 있는 이한열의 몸 주위에 선풍도골의 기운이 점점 진해져 갔다.

第八章

배교의
고대 유산

정체되어 있던 중원 무림이 변화의 꿈틀거림을 활발하게 보이고 있었다.

급격히 힘을 키우며 중원 도처에서 움직이고 있는 사마외도의 무리들, 패권을 놓치지 않기 위해 불을 켜고 있는 정총을 비롯한 정파, 중원을 다스리고 있는 것은 황실이라면서 두 팔을 걷어붙이고 강호 무림에 다가서는 명 조정. 중원 무림은 어느새 한 치 앞을 가늠하기 힘든 안개 정국으로 흘러가고 있었다.

식견 있는 사람들은 격변의 조짐을 보이고 있는 중원 무림을 걱정했다.

그리고 그런 변화의 한복판에 이한열이 서 있다. 황실과 조정의 명을 받아 최전선에서 치열하게 머리를 굴렸다. 전략과 전술, 모략, 음모, 등이 총망라된 지독한 싸움의 한복판에서 선전했다.

미꾸라지 한 마리가 흙탕물을 다 흐린다는 말처럼 이한열의 선전 덕분에 강호 무림은 더욱더 혼탁해져 갔다. 이한열이 탁월한 감각으로 강호 무림의 문제를 더욱 크게 부각시켰다. 여기저기 도화선에 불을 지펴 분쟁을 만들어 냈다.

물론 이한열의 단독 능력만으로 된 결과는 아니다.

이한열을 물심양면으로 돕고 있는 조정이 배경이었고, 수많은 관리와 사람들이 공동으로 움직이고 있었다. 이한열은 배로 치면 방향을 정해 주고 있는 키와 비슷했다.

그렇지 않아도 최근 중원 무림은 눈에 보이지 않은 다툼이 격렬하게 벌어지는 중이었다. 조정과 황실에 의해 은근한 압박을 받고 있는 정총은 외부와 내부의 여러 가지 문제로 인해 독버섯처럼 일어나고 있는 사마외도들의 움직임에 효과적으로 대처하지 못했다.

일반인들에게 죄악시되고 있는 사마외도들은 독버섯과 비슷했다. 뿌리를 뽑으려고 해도 결코 죽지 않고 되살아난다. 정총과 정파의 박해와 차별을 엄청나게 받으면서도 끊임없이 생명력을 유지해 왔다.

사마외도의 무리들은 적응력이 남다르다.

환경에 적응하면서 살아가는 데 있어서 정파보다 훨씬 탁월하다. 사마외도라는 꼬리표 때문에 늘 긴장하며 살아야 하기에 불확실한 주위 환경에 대해 민감하게 반응했다.

모든 것이 순식간에 바뀌는 상황에서 사마외도들은 빠르게 적응했다. 유리해지고 있는 환경을 귀신처럼 알아차리고 어둠 속에 몸을 숨기고 있던 사마외도들이 우후죽순처럼 튀어나왔다.

기세를 탄 사마외도 진영이 무서운 속도로 성장해 나가기 시작했다.

그 속도가 일으키는 바람에 중원 무림이 흔들리는 상황이었다.

"바람이 불면 구름도 변하는 법! 사람 사이에도 힘의 역학에 변화가 오면 혼란스러우니 정리가 필요하지. 정리가 끝날 때까지 눈치 싸움과 소란은 필연이야."

이한열은 요즘 여러 수상한 움직임에 대해서 보고를 받고 있었다.

점점 영역을 넓히려고 하는 사마외도와 세력을 주지 않으려고 하는 정총이 안팎으로 격돌하고 있었다. 서로 다른 진영의 싸움은 이익과 하나하나 연결됐다. 그리고 무림 단체들이 차지하려고 하는 이익은 국익과도 연계가 되어 있었다.

일반인들은 잘 모르는 분야였다.

하지만 이한열은 뛰어난 지혜와 높은 관직, 그리고 정보 보고를 통해 물밑에서 벌어지고 있는 다툼을 이해할 수 있었다. 그리고 천천히 머릿속에서 그것들을 정리하여 어떻게 나아가야 하는지 고민했다.

강호 무림에서 사마외도들이 각자의 가치관과 이해관계에 따라 피 터지는 싸움을 벌이고 있을 때, 이한열은 중심에서 물러나 고향 집에서 한가한 생활을 보냈다.

소나기를 피해 간 것이다.

"사람은 때를 모르면 반드시 화를 당한다. 사람은 스스로 물러날 때를 알아야 존귀해지는 것이다."

이한열은 전략 전술의 달인인 장양을 존경하고 있었다.

유방이 천하를 통일하는 데 커다란 도움을 준 장양은 성공하고 그 자리에 머무르지 않았다. 천하통일이 된 다음에 곧바로 사직하고 은퇴하였다. 유방과 한나라의 대신들이 일제히 장양의 사직을 만류했으나 장양은 병을 핑계로 끝내 자리에서 물러났다. 장양의 아내와 아들들은 부귀영화를 누릴 때인데 물러난다고 아쉬워했다. 하지만 그건 장양의 지혜로움을 몰랐기에 나온 반응이었다.

한나라를 건국한 유방은 나라를 세울 때는 많은 인재가 필요해 그들을 적극 임용했으나, 나라를 세우고 난 뒤에는 뛰어난 인재들을 두려워했다.

결국 한고조 유방은 공신들에게 반역의 누명을 씌워 학살하고 대대적인 숙청을 단행했다. 장양은 벼슬에서 물러나 은거하고 있었기에 피의 숙청에서 벗어날 수 있었다.

장양의 호는 자방이었다.

후대의 사람들이 가장 뛰어난 책사를 가리킬 때 장자방이라는 말을 사용한다.

때를 기다리는 사람이 지나친 욕심을 부리는 것은 한신의 우를 범하는 일이다. 장양과 비교될 정도로 뛰어난 책사인 한신은 물러날 때를 몰라 성공하는 데 이용당하고 잡혀 죽는 토사구팽의 꼴을 겪었다.

"구르기 시작한 피의 수레바퀴는 누구도 막을 수 없다. 생각 없이 움직이다가는 역사의 흐름에 휩쓸려 먼지처럼 사라질 수 있다."

강호 무림의 자중지란에 커다란 힘을 보탠 이한열은 정작 중심에서 벗어나 있었다. 멈출 때를 알았기에 한가롭고 행복한 시간을 보냈다. 그리고 확인해야만 하는 일이 있었다.

"배교와는 떼려야 뗄 수 없는 사이가 되었어."

오래전부터 배교는 이한열과 깊은 인연을 맺어 오고 있었다. 조정에서 안정된 생활을 보장받을 수 있었던 것에는 배교의 힘이 컸다.

이한열은 배교와 더욱 깊은 인연을 맺을 기회가 생겼다.

배교에는 숨겨진 힘들이 많았다.

피를 마시고, 사람 가죽으로 북을 만들고, 처녀의 넓적다리뼈로 피리를 만들고, 머리카락으로 보패를 만드는 등 행할수 있는 이적들이 상당했다. 기적이라고 부를 수 있는 것들을 행할 수 있는 배교의 힘에는 후인들을 위해 남겨 놓은 유산들도 존재하였다.

"교주를 위한 배교 고대의 유산이 아직까지 남아 있을 줄 상상도 하지 못했는데……."

정체를 알 수 없는 기묘한 기운이 이한열의 감각을 자극했다. 마치 나긋나긋한 바람이 간질인다고 할까? 기분 나쁘지 않은 기운은 무척이나 이한열에게 익숙했다.

휘이이이! 휘이이이!

우우우웅! 우우우웅!

울부짖는 천인혈골과 혈혼피가 기운들과 동조하면서 울음을 터트렸다. 가슴을 울리는 섬뜩한 소리를 자랑이라도 하듯 시끄럽게 뿜어냈다.

파라라라! 파라라락!

가공할 기운을 뿜어내는 이한열의 옷자락과 머리카락이 세차게 나부꼈다. 배교의 마병들에게서 튀어나온 기운들이 넘실거리는 가운데 미지의 기운들이 함께 꿈틀거렸다.

"확인 작업인가?"

이한열이 벌어지고 과정을 호기심 어린 마음으로 바라보았다.

허락받지 않은 존재는 들어설 수 없는 곳이었다.

들어설 수 있는 존재는 오직 배교의 교주뿐이었다.

오랜 시간 단절되어 있던 배교 고대 유산의 공간은 방문자를 환영하기 위해 마침내 긴 잠에서 깨어났다.

[교주의 방문을 환영합니다.]

진득진득한 미지의 기운들이 이한열을 둘러싸고 있는 가운데 소리가 울렸다. 공간을 울리는 목소리가 아니라 마음으로 전해지는 뜻이었다.

"이건 마치 혜광심어와 비슷하네. 신기해."

이한열의 눈에 이채가 어렸다.

[귀로 들리게 소리를 낼 수도 있습니다. 변경하시겠습니까?]

"아니, 그럴 필요는 없어. 너는 누구지?"

[유적을 관리하고 있는 마음입니다.]

"유적의 마음이라! 대단하군."

[신병이기에는 영성이 깃들어 있는 것과 비슷한 이치입니다.]

"이곳은 무엇을 하는 곳이지?"

[교주를 신에 가깝게 다가설 수 있도록 도와주는 연성관입니다.]

"연성관?"

[그렇습니다. 교주가 쓰러지지 않고 불멸할 수 있게 연성을 하는 공간입니다.]

"연성이라면 수련관을 비롯한 다른 곳도 있나?"

[그렇습니다.]

"수련관은 어디에 있지?"

[저는 연성만 담당하고 있습니다. 교주를 위한 마음이 있는 다른 공간에 대해서는 알지 못합니다.]

마음으로 전해지는 뜻은 단순한 언어가 아니었다. 다른 의미를 가지고 있는 언어도 있었지만 뜻으로 전해지기에 이한열이 이해하고 받아들이는 데에는 아무런 무리가 없었다.

이한열이 받아들인 마음이라는 단어를 실제 유적에서는 '에고'라고 불렀다.

배교는 서역에서 전해져 온 종교!

고대 배교에 적혀 있는 단어들은 중원의 언어가 아닌 서역에서 사용하던 글들이었다.

마음으로 전해지는 뜻에는 중원과 서역의 문자와 언어가 그대로 투영되었다. 이한열의 머리에는 중원의 뜻인 마음과 서역의 에고라는 단어가 동시에 떠올랐다.

이한열은 고대 배교의 유산과 새롭게 연을 만들어가고 있었다.

"연이 닿으면 다른 고대 배교의 유산들과도 언젠가 만날 수 있겠지."

배교와는 수많은 그물에 의해 연결되어 있었기에 이한열이 급하게 생각하지 않았다. 당장에는 인연이 없지만 차후에는 하나둘씩 이어질 것 같은 느낌을 받았다.

배교의 모든 것들은 교주인 이한열을 중심으로 그물이 되어 퍼져 나갔다. 마치 하늘의 천망처럼 말이다. 교주로 자각하고 있는 이한열이 없다면 배교 자체는 그 힘을 제대로 발휘할 수 없었다.

종교인 배교에서 교주가 가지고 있는 위치는 신성했고, 신에 가장 가깝게 접근할 수 있는 존재였다. 교주인 이한열이 고대 유산과 마주한 지금, 배교는 새로운 날, 새로운 시간을 맞이하고 있었다.

이한열의 결정은 빨랐다.

새롭게 배울 수 있다는 것에 강렬한 호기심을 가지고 있었다.

"연성을 하고 싶다."

이한열은 유적의 마음이 그저 유적을 유지하고 운용하는 데에만 있다는 걸 인지했다. 교주와 관련된 비사에 대해 더 많은 걸 알기 위해서는 연성관보다 상위의 다른 유적을 찾아가거나 서적 등을 찾아봐야만 했다.

[불멸의 연성을 하는 과정에서 교주의 능력은 잠시 봉인됩니다.]

"필요하다면 봉인하겠다."

불멸의 힘을 얻기 위해서 이한열은 능력 봉인에 기꺼이 동의했다.

천인혈골과 혈혼피 등의 신외지물은 함께 체득한 본신의 능력으로 인해 외부에서 들어오는 공격에 본능적으로 반응을 하게 된다.

[봉인하겠습니다.]

스으으으! 스으으으!

익숙하면서도 이질적인 유적의 기운들이 움직이는 가운데 천인혈골의 저주가 가동됐다. 이한열의 몸에 힘을 주고 있던 천인혈골의 기운이 반대로 작용했다.

심신에 가득 넘치고 있던 힘들이 거짓말처럼 사라졌다.

이한열은 일순 허탈한 심정에 빠졌지만 충분히 견딜 만했다.

[불멸의 힘을 얻기 전까지 유적은 열리지 않습니다.]

"인지했다."

[신에 가장 가까운 교주의 앞날에 영광이 있기를!]

유적은 배교의 교주가 신에게 접근할 수 있는 기회를 주는 공간이었다. 배교가 세상에 남겨 놓은 힘들 가운데 최상위에 놓여 있었다.

고대 배교에서는 후대의 교주들을 위해 엄청난 심혈을 기울여 준비해 놓은 불멸의 힘이 이한열에게 전해지려 하고 있었다.

스르르르! 스르르르!

이한열을 둘러싸고 있는 기운들이 안개처럼 흘렀다.

주변의 풍경이 바뀌고 있었다. 방금 전까지 평범한 야산이었는데, 지금은 나무들이 하늘을 가릴 정도로 빽빽한 밀림에 서 있었다.

"공간 변이! 공간 이동인가? 아니, 마음만 이동한 것인가? 고대 배교의 힘은 상상을 초월하는구나."

이한열이 경험하고 있는 이적에 감탄했다.

이적을 일으키는 고대 배교의 힘은 강력했다.

지금도 마도 최강의 힘으로 남아 있는 마교조차 그 강대한 힘을 두려워했다. 그렇기에 혈교와 힘을 합쳐 배교를 무너뜨린 것이었다.

안개처럼 흐르던 기운들이 잠잠해지고 확 바뀐 환경이 이한열의 두 눈에 가득 들어왔다.

그리고 이한열은 본능적으로 위험이 닥쳐왔다는 걸 알 수 있었다.

푸른 줄기 하나가 이한열의 코앞에서 모습을 드러냈다.

"젠장!"

이한열이 부리나케 땅을 박차고 나아가려고 하였다.

하지만 소용이 없었다.

뜨끔!

따끔한 감각과 함께 몸의 감각이 완전히 사라졌다.

까맣게 물들어 가는 그의 시야에 거대한 나무가 희미하게 새어 들어왔다.

"안……돼."

그가 포식자에게 잡아먹히는 최악의 상황이 왔음을 깨달았다. 어떻게든 발버둥을 치려고 했지만 소용없었다.

"빌어……먹을!"

욕설을 내뱉은 그의 몸이 축 늘어졌다.

힘찬 생명의 기운이 가득 찬 숲에 시원한 바람이 불어온다. 하늘을 찌르는 높은 산봉우리를 제외하고는 하얀 눈들이 거의 다 사라졌다.

숲과 언덕에는 볼품없는 검푸른 대지를 뚫고 피어난 녹음들이 어느새 우거졌다. 하늘하늘 피어오르는 아지랑이 줄기 사이로 이름 모를 꽃과 야초들이 향긋한 냄새를 풍겼다.

두두둑! 투툭!

가파른 언덕에서 돌멩이들이 굴러 떨어졌다.

새벽산행이었다.

어둡던 대지가 금방 밝아졌다.

아침 햇살을 받으니 주변에 여러 꽃들이 보였다. 밝은 색을 뿜어내고 있는 꽃들 가운데에는 주둥이를 벌리고 있는 독충 식물도 있었다. 하늘을 향해 쭉쭉 뻗은 독충 식물들에서는 달콤한 향기가 흘렀다.

밤새 잠이 들었던 이한열은 흔들림에 잠에서 깨어났다.

잠들기 전에 보았던 장소와 다른 풍경이 눈에 들어왔다.

눈앞에 아름다운 풍경이 펼쳐져 있었지만 그걸 보고 있는 이한열의 눈빛은 몽롱했다. 정신이 점점 무뎌졌고, 목 아래 육체의 감각이 느껴지지 않았다.

육체와 정신이 격리되어 있는 느낌을 받았다.

"어디로 가는 것이냐?"

이한열이 힘겹게 입을 열어 물었다.

흡혈신목이 뿌리를 드러낸 채로 이동을 하고 있었다. 육중한 덩치를 지녔음에도 불구하고 사뿐사뿐 걷는 모습이 무척이나 이질적이었다.

혼자만 맛있게 먹는 놈은 끝까지 대답이 없다.

처음에는 대답 없는 놈 때문에 부글부글 화가 끓어올랐지만 이제는 그냥 그러려니 했다. 수없이 많은 시간을 함께 보내면서 놈에게 미운 정까지 생겨났다.

"기분 좋다."

두근! 두근!

사랑에 빠진 소년처럼 심장이 요란하게 뛰었다.

한 몸이 된 놈에게 그의 피가 쏠렸다.

놈이 군말하지 않고 피 쏠림 현상을 즐거워하며 전율하였다.

휘이잉!

때마침 불어온 바람과 함께 그의 몸과 마음이 사정없이 흔들렸다.

"맛있냐?"

물어보았지만 아무런 대답이 없다.

바스락! 바스락!

잎사귀 스치는 소리가 요란하게 울렸다.

잎사귀 사이로 포식하는 광경이 눈에 들어왔다.

"내 피가 맛있냐고?"

항상 대답이 없지만 가만히 입을 다물고 있는 건 더욱 곤욕이었다.

이한열은 대답이 없는 존재와 하나로 연결돼 있었다.

놀라운 일이 일어나고 있었다.

그의 의식이 몸을 떠나 묵묵부답의 존재에서 벌어지는 현상을 함께 체득했다.

이한열을 사로잡은 건 구불구불 구부러진 수십 개의 줄기와 줄기에 덩굴손과 주둥이를 가진 흡혈 식물인 흡혈목이었다. 초목의 특성을 모두 가지고 있는 흡혈목은 크기가 삼 장이 넘는 것도 있는데, 그럴 경우 흡혈신목이라고 부른다.

흡혈신목의 줄기 하나가 이한열의 심장을 꿰뚫고 있었다. 윤기 넘치던 살결이 퍼석퍼석해진 그는 지속적으로 흡혈신목에게 피를 빨려 가면서 천천히 죽어 가고 있었다.

흡혈신목은 사로잡은 이한열을 식량으로 취급했다.

이한열의 입장에서 다행이라는 점은 일회용 식량이 아니라고 할까?

흡혈신목은 이한열을 한 번 쓰고 버리는 게 아니라 최대한 죽음을 늦춰 가며 피를 빨아먹고 있었다. 오랫동안 살려 두면서 야금야금 맛있는 피를 쪽쪽 흡수했다.

"고맙게 느껴지기도 하네."

이렇게 그를 각별하게 챙겨 준 존재가 얼마만인가?

흡혈신목은 이한열이 편안하게 생존할 수 있도록 도와주고 있었다.

정신을 잃어버린 그가 각종 괴수와 독충, 괴물들이 우글거리는 숲에서 살아남을 수 있는 건 엄연히 흡혈신목의 보호가 있었기에 가능했다.

끼리릭! 끼리릭!

사아아! 사아아!

흡혈신목의 덩굴손 끝에 매달린 주둥이가 기괴한 소리를 내면서 독기를 내뿜었다. 눈에 보이지 않는 무형의 독기 때문에 주변의 풀과 나무들이 바짝 메말라서 죽어갔다.

독기는 흡혈 식물인 흡혈신목의 강력한 무기 가운데 하나였다.

"크아! 맛있구나."

이한열이 독기를 듬뿍 들이마시면서 맛을 음미했다.

흡혈신목의 암습에 사로잡히고 줄기에 심장을 꿰뚫린 후부터는 흡혈신목의 독기를 마실수록 상쾌했다. 독기를 듬뿍 마시면 온몸이 개운하다 못해 뜨거운 열기가 넘쳤다.

그뿐만이 아니다.

놀라운 일이 이한열에게 벌어지고 있었다.

"대체 무슨 일이 벌어지고 있는 거냐? 대답 좀 해 봐라."

그의 의식이 몸뿐만 아니라 흡혈신목의 움직임까지 일부 느끼기 시작했다.

"간혹 내가 땅에 뿌리를 박고 있는 식물처럼 느껴진다."

그는 흡혈신목에게서 벌어지고 있는 일을 일부 함께 공유하고 있었다.

그는 원치 않았지만 흡혈신목의 생활을 함께 공유하면서 느끼고 있는 것이었다.

그것도 매우 강렬한 공감이었다.

흡혈신목은 사실 배교의 호교목이었다.

배교 교주의 최강호신기공은 흡혈신공이었다.

무림에서는 흡혈신공을 고목신공 혹은 고목마공이라고 불렀다.

흡혈신공은 태풍에서도 꺾이지 않는 유연함을 가지고 있었고, 천지를 꿰뚫는 번개 앞에서도 단단함을 유지할 수 있었으며, 자연의 기운을 머금는 것도 가능했다.

금강불괴의 경지를 넘어 훼손된 걸 스스로 복구할 수 있는 능력까지 가지고 있는 흡혈신공을 무림에서는 고목신공 혹은 고목마공이라 부르면서 두려워했다.

배교의 흡혈신공은 다양한 이름을 가지고 있다.

원래 명칭은 흡혈신목을 통한 연성으로 인해 흡혈신공이었다. 그러나 흡혈신공의 현묘한 능력이 어디에서 기인한지 제대로 인지하지 못하는 배교도들은 흡혈신공을 고목신공이라고 불렀다. 그리고 배교 외부에서는 흡혈신공의 스스로 복구하는 능력에 경악하여 고목마공이라고 경원시했다.

배교를 멸망시킨 마교는 고목마공을 배교에서 훔쳐 냈다. 진정한 배교 교주의 흡혈신공이 아닌 저급한 고목마공일 뿐이었다. 그렇기에 마교에도 이른바 가짜 고목마공이 존재하고 있었다.

마교의 십대마공 가운데는 고목마공이 이름을 올리고 있지만 이는 배교의 흡혈신공을 베껴서 만든 모방품일 뿐 그 진실된 힘은 채 십분의 일도 담고 있지 못했다.

배교의 교주 자리가 단절되면서 흡혈신공의 진실된 힘은 무림에 전설과 신비로만 남았다. 그런 흡혈신공이 지금 이한열에게 전해지고 있었다.

흡혈신공 혹은 고목신공을 연성하기 위해서 배교는 실제로 후계자에게 초목이 되라고 하고 있었다. 그렇기에 이한열이 인간으로 초목이 되는 신기한 체험을 경험하는 중이었다.

흡혈신목은 영물이었다.

마기와 자연의 기운을 품고 있는 흙과 광물을 주로 섭취하면서 자라는 초목이다. 보조적으로 흡혈을 통해 성장하기도 한다. 독기를 가지고 있지만 뚜렷한 방어 수단을 가지고 있지 않은 흡혈목은 성장하기가 쉽지 않다. 먹이사슬의 최하위에 위치한 식물이라는 종의 한계를 벗어나지 못한다. 그래서 흡혈목은 다른 영물의 성장에 밑거름이 되는 흡혈 식물이었다.

인간들에게도 흡혈목은 사냥하기 편하면서 유용하게 사용 가능한 영약이자 영물이었다. 인간과 다른 영물들에게 마구잡이로 사냥을 당했기에 흡혈목은 거의 멸종을 당한 상태였다.

그 모든 어려움을 이기고 성장한 흡혈신목이 이한열을 식량으로 품고 있었다.

"흡혈신목이 독을 어떻게 뿜어내는지 알게 되다니……."

이한열은 흡혈신목의 수액 속에서 독기의 생성과 흐름, 배출을 느꼈다. 수액 속에 있는 효소들이 부글거리면서 독기들이 생성되면 삼투압 현상에 의해 수액이 흐르고, 덩굴손에 매달린 주둥이에서 독기가 뿜어진다.

"점차 흡혈신목이 되어 가는 건가?"

이한열의 의식은 흡혈신목의 움직임에 맞춰 함께 변화해 갔다. 그렇게 흡혈신공에 대해서 깨달아 갔다. 이런 방식은 인간인 이한열에게 있어 무척이나 낯설었다.

인간의 방식이 아니라 흡혈 식물의 방식이었다.

흙과 광물에서 기운을 뽑아내고, 버섯과 이끼가 몸에 달라붙었다. 독사와 독충, 독개미들이 줄기와 잎사귀를 타고 스멀스멀 올라와서 공생했다. 독물들이 흡혈신목의 꽃과 열매들을 먹었고, 흡혈신목은 독물들을 잡아먹었다.

흡혈신목의 열매는 잘 익어 붉은 사과처럼 무척이나 먹음직스럽다. 달콤한 향기를 내뿜어서 독물과 동물들을 끌어들인다.

"식물 인간이구나."

이한열은 스스로의 의식을 가지고 말을 할 수는 있었지만 손 끝 하나 움직이는 것도 불가능했다. 호흡, 소화, 흡수, 순환 등의 작용은 계속되어 생명을 유지하고 있는 상태였지만 얼굴을 제외하고는 움직일 수 없었다.

흡혈신목이 이한열에게 허락한 부분은 의식과 함께 생명 활동만 가능한 정도였다. 말마저 할 수 없었다면 이미 예전에 미쳐 버렸을지도 몰랐다.

그래서 듣는 이가 없어도 홀로 계속해서 중얼거렸다.

"입 다물고 가만히 있으면 미칠 것 같으니까."

그의 눈에 초조함과 두려움 등의 어두운 감정이 스치고 지나갔다. 멀쩡하게 살아있는 인간이라고 생각할 수 없었기 때문이었다.

"흡혈신목에 기생하여 살아가고 있지만 나는 분명히 인간이야."

흡혈신목와 하나라는 의식의 변화를 느끼고 있는 그가 머릿속에 다시 한 번 스스로 인간임을 각인시켰다. 은연중에 그의 의식이 흡혈신목에 맞춰서 변화되어 갔기 때문이다.

지금 그는 아무 것도 하지 못하고 흡혈신목의 움직임을 따라서 육체의 생명 활동만 이어가고 있을 뿐이었다. 피가 빨려 들어갈 때마다 심장에 뿌리내리고 있는 덩굴손의 꿈틀거림이 느껴졌다.

빨대처럼 꽂혀 있는 주둥이에서는 피 대신에 수액이 회오리치면서 넘어 들어왔다.

"피를 주고 수액을 받는구나. 쉽게 죽지 말라 이거지?"

흡혈신목은 살뜰하게 이한열을 보살폈다.

피만 쪽쪽 빨아먹었다면 이한열은 일찌감치 피골이 상접하여 죽었을 것이다. 수액이 몸속에서 흐르고 있었기에 여전히 생명을 이어갈 수 있었다.

피와 수액이 절묘하게 균형을 맞추면서 합쳐졌다. 이렇게 하나가 된 피와 수액은 서로에게 힘과 영양을 공급했다. 흡혈신목의 수액에는 생체 기능을 촉진시킬 수 있는 마기가 포함되어 있었다. 이한열의 몸속에서 수액이 부글거리며 강한 기운을 뿜어냈다.

그럴 때마다 이한열은 머리에서 발끝까지 휘몰아치는 강렬한 쾌감과 흥분, 환희를 만끽했다.

"아아! 하아아아! 끝내준다."

쾌락에 들뜬 탄성이 튀어나왔다.

온몸에서 터져 나갈 것 같은 강렬한 힘에 그가 몸을 파르르 떨었다.

사라라! 사라라!

이한열의 쾌감에 강렬한 공감을 일으키면서 흡혈신목의

잎사귀와 덩굴손들이 살랑살랑 요동쳤다.

"크크크크! 열매가 썩어갈 때 가장 달콤한 향기를 내뿜는 것처럼 나는 죽어 가면서 최고의 쾌락을 느끼는구나."

죽어 가고 있는 그의 입꼬리가 비릿하게 말려 올라갔다.

흡혈신목에 기생하며 흡혈 당하는 그의 육체는 시시각각 썩어 가는 중이었다. 몸에 침입한 쾌락은 육체를 썩히는 강렬한 독인 셈이었다.

알고 있음에도 불구하고 그가 쾌락인 독을 막을 수 있는 방법은 없었다.

"흐흐흐흐!"

천천히 지속적으로 확실하게 죽어 가고 있다는 진실과 격렬하고 극적인 쾌감으로 인해 이한열의 정신은 망가져 갔다. 고통과 분노, 슬픔, 두려움 등이 휘몰아치면서 마음을 더욱 피폐하고 궁핍하게 만들었다.

꿈틀! 꿈틀!

땅속의 뿌리는 움직이고 있었다.

느릿느릿하지만 흡혈신목은 이동이 가능했다.

뿌리가 움직일 때마다 땅이 일렁이고 있었고, 땅속에서 따뜻하고 차갑고 시원한 성질을 가진 다양한 기운들이 뿌리를 통해 흡수됐다.

"크크크크! 맛있는 대지의 기운을 찾기 위해 끝없이 이동하는구나."

이한열이 음산하게 웃으면서 소리쳤다.

뿌리를 통해 영양분을 흡수하면서 흡혈신목은 꾸준히 조금씩 자랐다. 일시에 자라는 것이 아니라 오랜 시간을 두고 천천히 성장해 나갔다.

흡혈신목의 성장은 불확실하고 힘든 과정이 요구됐다. 실제로 흡혈신목이 성장하기 위해서는 더욱 많은 기운과 시간, 치열한 노력이 필요했다.

높은 단계로의 진화를 위해 흡혈신목은 끊임없이 몸부림쳤다. 새로운 진화를 위한 과정에서 흡혈신목의 넘치는 생명력과 천천히 죽어 가는 이한열의 힘이 하나로 묶여 나갔다.

흡혈신목은 진화하기 위해 투쟁하는 가운데 이한열은 죽어 가고 있었다.

낮에서 밤으로 넘어간다.

충만한 열기가 사라지면서 밝았던 대지가 천천히 어둠으로 넘어갔다.

까딱! 까딱!

눈이 사르르 감기면서 고개가 위아래로 흔들렸다.

"썩을! 언제 죽을지 모르는데 잠은 꼭 찾아온다니까. 크크크!"

이제 잠을 자야 할 시간이었다.

지속적으로 떠들어 대던 이한열이 침묵했다.

결국 서늘한 밤의 작용으로 인해 눈을 감았다. 잠에 빠진 그의 의식이 깊은 심연으로 빠져들었다. 아무 생각과 감정 없이 잠을 잘 수 있다는 건 축복이었다.

"그아아아! 그아아아!"

서쪽 숲속에서 살기 넘치는 소리가 울렸다.

"뭐지?"

곤한 잠에 빠져있던 이한열의 눈이 부릅떠졌다.

눈을 껌벅거리면서 소리가 들려온 방향으로 고개를 돌렸다. 시커먼 어둠 속에는 나무와 수풀만 바람에 흔들리고 있을 뿐 아무 것도 보이지 않았다.

그으으! 그으으!

땅바닥을 질질 끄는 듯한 기괴한 소리가 점점 크게 들렸다.

나무 사이로 모습을 드러낸 것은 삼 층 높이 크기의 수많은 입이 달린 나무, 천구마목였다.

시커먼 이빨을 가지고 있는 천구마목이 뿌리를 땅에 드러낸 채 다가오고 있었다.

"빌어먹을! 이제는 나무가 소리 지르며 나타나서 잠도 못 자게 만드네."

곤한 잠을 방해받은 이한열은 순간적으로 열이 치솟았다

천 개의 입을 달고 있는 마물이라는 뜻의 천구마목은 오장 정도의 크기로 이백여 년을 살아온 나무 괴물이었다. 쥐와 뱀, 초식 괴물인 식물과 나무 등을 잡아먹으면서 덩치를 키워 왔다.

일대는 천구마목의 사냥감이 지천에 깔린 천구마목의 땅이자 구역이었다.

평소에는 보통 나무처럼 땅에 뿌리를 박고 가만히 먹잇감을 끌어들여 잡아먹는다. 그러다가 자신보다 약하고 속도가 느린 먹잇감이 나타나면 부리나케 움직인다.

바로 지금처럼 말이다.

스으으으! 스으으으!

약세를 알아차린 흡혈신목이 도망을 치려고 했다. 사납게 달려들고 있는 천구마목을 피하기 위해 뿌리를 열심히 움직였다. 나무와 수풀 사이로 몸을 숨기려고 했지만 흡혈신목을 점찍어 놓은 천구마목의 속도가 훨씬 빨랐다.

"그아아아아아아!"

천구마목이 흡혈신목보다 세 배는 빠른 속도로 달려들었다. 동시에 수없이 달려 있는 입의 이빨들이 삐죽 모습을 드러냈다.

삐죽! 삐죽!

이 입들은 평소에는 뒤로 접혀져 있다가 뭔가 죽이거나 잡아먹을 대상이 나타나면 앞으로 툭 튀어나오면서 공격 태세를 취한다. 일반적인 이빨이 아니라 압력을 받으면 곧바로 독을 실어 믿기 어려울 정도로 깊숙이 쑤실 수 있게 작용한다.

"크하하하! 네 놈이 무서워서 꽁무니를 빼려다가 잡히는구나! 죽어라! 죽어."

이한열이 흡혈신목에게 저주를 내뱉었다.

언젠가 될지 모르지만 피를 쪽 빨리고 난 뒤 죽을 거라고 생각하고 있는 그였기에 흡혈신목이 죽는 광경을 직접 목격하기 원했다.

파앗! 파앗!

천구마목이 나뭇가지를 들어 올리면서 이빨을 사납게 드러냈다. 옹이처럼 생긴 수많은 주둥이에서 검은 이빨들이 날카롭게 번뜩였다.

휘이잇! 휘이잇!

나뭇가지가 흡혈신목의 줄기 하나를 휘어 감았다.

흡혈신목이 줄기의 피부를 두껍게 세웠다. 그러면서 안간힘을 다해 몸통을 비틀어 나뭇가지에서 벗어나려고 했다.

빠드득! 빠드득!

요란한 소리와 함께 천구마목의 이빨이 흡혈신목의 단단

한 줄기를 뜯어먹었다. 날카로운 이빨 앞에서 흡혈신목의 피부는 버텨 내지 못했다.

바사아아아! 바사아아아!

흡혈신목이 격렬하게 요동쳤다.

도망칠 수 없다는 사실을 깨달은 흡혈신목이 필사적으로 대항하기 시작했다. 독기를 잔뜩 뿜어내면서 덩굴손과 주둥이를 날카롭게 휘저었다.

스으으! 스으으!

주둥이에서 뿜어진 독기가 서서히 천구마목에게 뿜어졌다. 동시에 모든 줄기를 한껏 펼치고 날카로운 덩굴손으로 힘차게 내려쳤다.

퍼엉! 펑!

줄기의 덩굴손이 천구마목의 몸통과 나뭇가지를 강타했다. 흡혈신목의 힘이 가득 실린 공격은 인간에게는 더할 나위 없는 치명타였다.

하지만…….

단단한 나무껍질을 가지고 있는 천구마목의 방어를 뚫고 치명타를 주기에는 무리였다.

후우웅! 후우웅!

바람을 가르는 나뭇가지들이 매섭게 흡혈신목의 몸통과 줄기들을 강타했다. 가공할 힘이 담겨져 있는 나뭇가지 몽둥

이질은 흡혈신목에게 엄청난 충격을 선사했다.

쿠웅! 쿵!

콰지직! 콰작!

흡혈신목의 줄기가 꺾어지고, 덩굴손들이 떨어져 나갔다. 커다란 충격을 받으면서 허공에 붕 뜬 흡혈신목의 뿌리가 뜯겨졌다.

천구마목은 기회를 놓치지 않고 연신 나뭇가지를 휘둘렀다. 그리고 날카로운 이빨을 흡혈신목의 줄기와 몸통 등에 사정없이 박아 넣었다.

콰드득! 콰드득!

천구마목이 요란한 소리를 내며 흡혈신목을 맛있게 뜯어먹었다. 날카로운 이빨을 가진 나뭇가지들이 게걸스럽게 흡혈신목에 달라붙었다.

"그아아아! 그아아아아! 카아아! 카아아아아!"

천구마목이 승리의 함성을 마구 내질렀다. 나뭇가지들을 마구 흔들면서 수많은 입을 쩌억 벌렸다.

"크크크크! 건방지게 인간을 먹잇감으로 만들더니 너 역시 강한 존재 앞에서 처참하게 뜯어 먹히고 있구나."

이한열이 마구 흔들리는 줄기 위에서 흡혈신목의 모습을 굽어보고 있었다. 흡혈신목의 망가지는 꼬락서니가 무척이나 웃겼다.

그런데…….

천구마목의 하늘로 치솟은 나뭇가지 가운데 하나가 이한열이 꽂혀 있는 줄기를 향해 떨어졌다.

쿵!

요란한 소리와 함께 수많은 이빨들이 흡혈신목의 줄기를 뜯어 먹기 시작했다. 그리고 그 이빨들 가운데 한 개가 이한열의 몸에도 달라붙었다.

콰득! 콰드득!

살점이 뜯겨져나가는 고통에 이한열의 눈이 찢어질 듯이 부릅떠졌다.

"크아악! 아파! 너무 아파…….."

지독한 고통에 이한열이 미친 듯이 소리 질렀다.

천구마목의 이빨이 이한열의 어깨에 찰싹 달라붙어 살을 찢어서 먹고 있었다. 탐욕스럽게 먹는 이빨이 더욱 깊숙하게 박혀 들어왔다.

"젠장! 내가 왜 이런 꼴을 당해야 하나?"

미친 듯이 악다구니를 썼지만 고통은 조금도 줄어들지 않았다.

쿠웅!

흡혈신목이 뿌리를 훤히 드러낸 채 땅바닥에 거칠게 쓰러졌다.

흙먼지가 자욱하게 피어났다.

흡혈신목이 쓰러진 와중에도 필사적으로 줄기와 덩굴손들을 움직여서 방어했지만 상황은 점점 더 악화됐다. 천구마목에게서 더 이상 벗어날 방도가 없는 셈이었다.

이제 흡혈신목의 죽음은 필연적이었다.

"커헉!"

산 채로 뜯겨 먹히고 있는 이한열의 눈앞에서 별이 떠 다녔다. 핑하고 돌아 버릴 것 같은 고통과 현실 앞에서 미쳐 버릴 것만 같았다.

"이대로 죽을 수는 없어!"

이한열의 마음속 깊은 곳에서 분노가 치밀어 올랐다.

그가 유유하게 이빨을 번뜩거리면서 자신의 살을 뜯어 먹고 있는 천구마목을 보면서 악에 받쳤다. 신체적 손상을 바로 코앞에서 목격하면서 분노가 끓어올랐다.

이대로 몸이 천구마목의 몸에 사라진다?

치명적인 결말을 뻔히 알고 있기에 미쳐 버릴 것만 같았다.

후르륵! 후르륵!

천구마목의 입이 피까지 게걸스럽게 흡입했다. 붉은 피로 번들거리는 이빨 틈사이로 찢겨진 살덩어리가 끼어 있었다.

그 모습을 본 이한열의 머릿속에서 뭔가가 툭하고 끊어지

면서 눈동자에 붉은 핏줄이 확 일어났다. 미쳐 버릴 정도로
분노했지만 그가 할 수 있는 일이라고는 없었다.

현재로서는 온몸을 통째로 뜯겨 먹히면서 죽어갈 수밖에
없는 것이 현실이었다. 오른쪽 어깨를 삼분의 일 가까이 뜯
겨 먹혔기에 치명적이라고 봐도 무방했다.

"크허헉…… 헉!"

그가 세상이 핑핑 도는 현기증을 느꼈다. 붉은 피가 콸콸
뿜어져 나오는 가운데 거친 숨을 몰아쉬자, 금방이라도 생이
끝날 것만 같았다.

콰드득! 콰득!

후르륵! 후르륵!

천구마목의 입이 몸뚱이와 팔, 다리를 차례차례 먹어 치웠
다면 소기의 목적을 달성했을 것이 확실했다.

하지만…….

어깨를 뜯어 먹던 천구마목의 입이 다음으로 먹으려고 한
부위는 바로 얼굴이었다. 유유한 몸짓으로 꿈틀거리는 입이
얼굴을 향해 다가왔다.

강렬한 분노를 지니고 있던 이한열이 안간힘을 다 긁어모
아 고개를 빳빳이 세우려고 애썼다.

스으으! 스으으!

이미 다 잡아놓은 먹잇감으로 생각하고 있었기 때문에 나

뭇가지에 매달린 입은 유유히 다가왔다. 하지만 이는 천구마목 입의 커다란 판단 착오였다.

쩌업!

얼굴을 뜯어먹기 위한 천구마목 입이 활짝 벌어지면서 날카로운 이빨이 번뜩거렸다.

"너만 뜯어 먹을 수 있는 게 아니야."

순간적으로 이한열이 고개를 꺾으면서 천구마목 입의 바로 아래쪽 나무껍질을 물어뜯었다. 나무껍질에 이를 박아 넣으려고 마지막 안간힘을 다했다.

딱딱할 거라고 생각했던 나무껍질은 생각과 달리 부드러웠다. 먹이를 뜯어 먹기 위해서는 입이 자유롭게 움직여야 했기 때문에 천구마목 입 주변의 나무 조직은 연약했다.

"그아아아! 그아아아아!"

기괴한 소리를 내지르는 천구마목의 입 주변에 있던 나뭇가지들이 이한열을 사정없이 할퀴고 때려댔다.

좌악! 쫙!

퍼억! 퍽!

찢어지고 뼈가 부러지는 고통 속에서도 이한열의 두 눈이 횃불처럼 활활 타올랐다. 여기서 입을 떼면 더 이상 할 수 있는 방법이 없다는 걸 알았기에 버티고 또 버텼다.

천구마목 입 바로 밑의 나무 조직을 잘근잘근 물어뜯어

먹었다.

콰직! 와득!

연약한 천구마목 나무 조직을 통째로 목구멍 속으로 넘겼다.

뜯겨진 나무 조직 사이에서 끈적끈적하면서 시큼한 냄새를 풍기는 액체가 흘러나왔다. 마치 발가락 구린내처럼 지독한 냄새가 퍼졌다.

평소의 이한열이라면 절대로 먹지 않을 액체였다.

하지만 입을 나무 조직에 처박고 있는 실정이기에 목구멍으로 넘어오는 액체를 뱉어 낼 수가 없었다. 뱉으려고 했다가는 그대로 천구마목 입 주변에서 떨어져 나갈 수밖에 없다는 사실을 그도 잘 알았기 때문이다.

꿀꺽! 꿀꺽!

들어오는 대로 그대로 마셨다.

목구멍을 타고 넘어가는 액체는 시리도록 차가웠다. 얼음이 통째로 들어온 것처럼 뱃속이 배배 꼬였지만 이내 불처럼 뜨거운 열기를 뿜어냈다. 지독한 아픔에 빠져 있던 몸에 청량한 기운을 선사해 줬다.

뭐가 어떻게 작용하는지는 몰랐지만 이한열은 액체가 몸에 나쁘지 않다는 걸 직감적으로 깨달았다.

콰득! 콰득!

이한열이 더욱 힘차게 나무 조직을 뜯어 먹으면서 흥건하게 흘러나오는 액체를 기꺼이 흡입하였다. 모든 걸 먹어 치우는 불가사리처럼 마구 빨아들였다.

먹으면 먹을수록 기묘한 열기와 쾌감에 빠져들었다.

몸의 색깔이 천구마목처럼 어두워졌고 치아가 상어이빨처럼 날카로워졌다. 천구마목의 나무 조직을 뜯어 먹기가 더욱 수월해졌다.

"구아아아아아!"

주변 조직의 절반 이상을 뜯어 먹힌 천구마목의 입이 격렬하게 경련을 일으키더니 이내 축 늘어졌다.

죽은 것이었다.

하지만 분노에 찬 이한열의 복수는 아직 끝나지 않았다.

콰드득! 콰드득

와작! 와자작!

연약한 부분을 넘어 딱딱한 나무껍질이 드러났지만 입에 잡히는 대로 거침없이 뜯어 먹었다. 먹으면 먹을수록 엄청 강력한 쾌감이 몸을 휘감아 돌았다. 악에 받쳐 복수를 하고 있었지만 쾌감에 중독되어 먹는 걸 그만둘 수가 없었다.

사람으로 치면 천구마목의 나무 조직은 살이었고, 액체는 피였다. 천구마목의 살과 피에는 선천진기의 한 갈래인 선천마기가 듬뿍 담겨져 있었다.

그걸 먹은 이한열의 몸은 점점 강해져 갔다.

그리고…….

천구마목의 순수한 마기는 이한열의 심장과 연결되어 있는 덩굴손을 통해 흡혈신목에게로 넘어갔다.

바스락! 바스락!

땅바닥에 쓰러져서 죽기 일보 직전에 있던 흡혈신목이 힘을 내기 시작했다. 줄기로 천구마목의 몸통을 끌어서 잡아당겼고, 덩굴손을 **빳빳**하게 세워서 천구마목을 할퀴면서 주둥이로 마구 쪼아댔다.

콰앙! 콰아앙!

거대한 크기의 천구마목이 굉음을 내면서 쓰러졌다.

우당탕! 우당탕!

천구마목과 흡혈신목의 진흙탕 싸움이 시작됐다. 서로 엎치락덮치락하면서 할퀴고, 물어뜯고, 씹어 먹고, 입과 주둥이를 박아 댔다.

흙먼지가 자욱하게 피어나는 가운데 이한열은 땅바닥을 데굴데굴 굴러 대느라 전신이 아파 왔다. 하지만 여전히 이를 천구마목의 조직에 악착같이 박아 넣으면서 연신 씹어 댔다.

와구! 와구!

쩝! 쩝!

꿀꺽! 꿀꺽!

볼이 터지도록 천구마목의 살과 피를 먹어 댔다.

"그어어어!"

괴기스러운 울음을 토해내던 천구마목의 입 하나가 다시금 침묵했다.

이한열의 입은 거침없이 나아갔다.

휘이익!

두꺼운 나뭇가지 하나가 이한열을 향해 사정없이 내리꽂혔다. 빠른 속도로 내리꽂히는 나뭇가지에는 거대한 입이 사납게 이빨을 드러내고 있었다.

스르륵!

흡혈신목의 줄기 하나가 내리꽂히는 나뭇가지를 막아섰다.

콰앙!

강한 충돌음이 발생했다.

천구마목의 나뭇가지가 이한열을 씹어 먹기 위해 꿈틀거렸고, 흡혈신목의 줄기가 격렬하게 이한열을 보호했다.

휘이잇! 휘이익!

십여 개의 나뭇가지가 기괴하게 꺾이면서 이한열을 향해 민첩하게 움직였다. 흡혈신목의 줄기와 덩굴손들이 나뭇가지를 막아서기 위해 노력했다.

하지만 흡혈신목의 방어를 뚫고 한 개의 나뭇가지가 이한 열을 강하게 덮쳤다.

퍽!

요란한 소리와 함께 이한열의 입이 천구마목에서 떨어졌 다.

"크허헉!"

허리가 부러진 이한열이 엄청난 충격을 받았다. 뼈가 산산 조각이 나서 부서졌다.

피해는 그것이 전부가 아니었다.

끝장을 내기 위해서 천구마목의 입이 강타하는 그 짧은 순간 이한열의 몸통을 물어뜯은 뒤에 독을 내뿜었다. 그 시 간은 극히 짧았지만, 천구마목 입의 근육은 잔뜩 수축해서 이한열의 혈관 깊숙이 치사량의 독을 있는 대로 다 집어넣었 다.

"크아아아악!"

이한열은 숨이 턱턱 막히는 지독한 고통에 괴성을 질러 댔 다.

원래대로라면 이한열은 천구마목의 독에 순식간에 목숨을 잃어야만 했다. 하지만 나무조직과 체액을 흡수하면서 독에 대한 내성을 갖췄다.

그렇기에 고통스러워하면서도 죽지 않고 버티는 것이 가

능했다.

그리고 자신의 든든한 병기가 된 이한열에게 흡혈신목이 기운을 몰아줬다. 온몸 구석구석이 찢어지고 부러지면서 아팠지만 물밀 듯이 밀려오는 선천마기 덕분에 조금씩이나마 좋아져 갔다.

그래도 여전히 지독한 고통에 반사적으로 미친 듯이 발버둥을 치려는데……

꿈틀! 꿈틀!

얼굴을 제외하고 움직이지 않던 팔이 움직였다.

처음에는 미약한 움직임이었지만 이내 해초처럼 흔들렸고 곧 팔팔하게 펄떡거렸다.

"크허헉! 움직인다. 팔이 움직여!"

이한열이 고통스러운 가운데 미친 듯한 웃음을 토해 냈다.

뭐가 어떻게 되어서 팔이 움직이게 된 건지 알 수가 없었다.

그 과정이 뭐가 중요하겠는가?

지금 중요한 것은 팔이 움직여진다는 사실이었다.

콰득!

그가 주먹을 말아 쥐었다.

주먹에 강력한 힘이 실리는 걸 느꼈다.

예전이라면 결코 상상할 수도 없는 힘이었다.

뭐가 어떻게 됐는지 이한열은 알지 못했다.

지금 순간 알고 싶지도 않았다.

지금 그의 눈앞에는 박살을 내야만 하는 천구마목이 있을 뿐이었다.

第九章

식물 인간
그리고 고목신공

　고오오오! 고오오오!

　주먹에 선천마기가 모이면서 횃불처럼 밝은 빛을 토해 냈
다.

　"그아아아아아아!"

　천구마목의 입이 척추가 부러져서 위아래로 해초처럼 덜
렁거리고 있는 이한열을 잡아먹기 위해서 달려들었다.

　빠각!

　이한열이 주먹으로 입을 강타했다.

　선천마기로 빛나는 주먹이 입을 꿰뚫고 들어갔다.

　주먹질에 꿰뚫린 입이 경련을 일으키는가 싶더니 축 늘어졌다. 처참하게 부서진 나무껍질 사이에서 체액이 콸콸 흘러나왔다.

"이 아까운 걸 한 방울이라도 놓칠 수 없지."

이한열이 입을 체액이 흘러나오는 곳에 갖다 댔다.

꿀꺽! 꿀꺽!

목젖이 연신 요동치면서 체액을 삼켰다.

"그아아아! 그으아아!"

천구마목이 괴기스럽게 울면서 버둥거렸다. 또다시 당했기에 발광하면서 나뭇가지들을 요란하게 흔들어 이한열을 죽이려고 날뛰었다. 흡혈신목이 줄기와 덩굴손을 미친 듯이 움직이면서 천구마목을 방해했다.

체액에는 천구마목이 오랜 세월 동안 축적해 놓은 선천마기들이 담겨져 있었다. 지금 이한열이 그것들을 마구 빼앗아 가는 셈이었다.

툭!

체액을 모두 빼앗긴 나뭇가지가 부러져서 땅바닥에 떨어졌다. 떨어진 나뭇가지가 이내 바스러져서 먼지처럼 흩날렸다.

선천마기가 사라진 결과였다.

천구마목이 울음을 토하면서 이한열을 어떻게든 절단 내려고 날뛰었다. 그렇지만 흡혈신목의 거친 저항 때문에 제대로 된 공격을 가하지 못했다.

이한열은 흡혈신목의 비호 아래 천구마목을 마음껏 공략했다.

"나무가 있어야 할 곳은 정원이야. 있어야 할 곳이 아닌 곳에서 날뛰면 맞아야지."

끊어진 허리가 미친 듯이 아팠지만 이한열은 광기 어린 웃음을 머금었다.

휘이익!

흡혈신목의 거센 방어를 뚫고 천구마목의 나뭇가지가 날아들었다.

이한열이 오른손에 모을 수 있는 선천마기를 모두 끌어모았다.

"놈! 죽기는 싫어서 보태는구나."

이한열이 서늘한 눈빛으로 흡혈신목을 응시하였다.

심장을 꿰뚫고 있는 덩굴손을 통해서 선천마기가 스며들어 오고 있다는 것이 확실하게 느껴졌다. 심장 안에서 꿈틀거리는 덩굴손에서 선천마기가 넘어올 때마다 전신에 힘이 넘쳐 났다.

그가 새로운 경지를 향해 나아갔다.

우우웅! 우우웅!

주먹에 화르르 불길이 일어났다.

몸을 가득 채운 선천마기가 유형화되면서 이글이글 불타올랐다. 존재를 드러낸 불길이 주먹을 타고 흐르면서 열기를 뿜어냈다.

카아아아!

날아오는 천구마목의 나뭇가지는 지금까지보다 두 배 이상으로 크고 우람했다. 성인 몸통만 한 크기를 자랑하는 나뭇가지에는 달린 입들도 거대했다. 삐죽삐죽한 이빨들이 금방이라도 이한열을 아작아작 절단 낼 것처럼 보였다.

빠아악!

선천마기로 불타오르는 주먹이 쇄도하는 입을 그대로 강타했다. 그와 동시에 날카로운 이빨이 이한열의 주먹을 물어뜯었다.

우수수! 우수수!

이빨이 가공할 타격을 이기지 못하고 부러져 나갔다.

"크으윽!"

살점이 왕창 뜯겨져 나가면서 허연 뼈가 드러난 손목에 이한열이 신음을 흘렸다. 팔에 경련이 오면서 온몸이 죄어 왔다. 이번에도 역시 이빨에서 흘러 들어온 독이 몸을 중독시킨 결과였다.

"으아아아!"

이한열이 망가진 오른손을 재차 휘둘렀다.

빠가각!

요란한 소리와 함께 천구마목의 입을 꿰뚫은 주먹이 반대쪽으로 튀어나왔다. 허공에서 비틀거리는 나뭇가지가 뚝 부러져서 결국 땅에 쓰러지고 말았다.

"아흐흐흐흐! 이빨 함부로 사용하면 안 된다. 주둥이 함부로 벌렸다가는 지금처럼 꿰뚫려서 골로 가 버린다."

이한열이 비명 섞인 웃음소리와 함께 천구마목의 입을 비웃었다.

스으으! 스으으!

이번에도 흡혈신목의 덩굴손을 통해 선천마기가 흘러 들어왔다.

생존!

살아남기 위해 흡혈 식물 흡혈신목과 인간 이한열이 협력하면서 공생하고 있었다. 흡혈신목이 죽으면 심장이 꿰뚫린 이한열 역시 죽었고, 이한열이 쓰러지면 약한 흡혈신목이 천구마목에게 잡아먹힐 상황이었다. 하나로 힘을 합쳐 천구마목을 쓰러뜨려야만 했다.

살아남기 위해 이한열은 싸워야만 했다.

콰득!

오른손의 부상 때문에 이한열이 이번에는 왼손을 강하게 쥐었다.

우우웅! 우우웅!

선천마기가 왼손 위에 존재감을 드러내면서 불길을 화르르 일으켰다. 한 번 해 봤던 것이었기에 왼손에 선천마기를 물질화시키는 것은 어렵지 않았다. 몸에 알알이 새겨진 감각이 눈을 떴고, 두 번째라 더욱 원활하면서 매끄럽게 진행됐다.

선천마기가 피부 모공을 통해 호흡하고 있었고, 그에 따라 불길이 주먹을 타고 휘감아 돌았다. 피부와 함께 호흡하였기에 선천마기의 소모가 적었다. 지속적으로 배출만 했다가는 지독한 소모를 견뎌내지 못한다.

꾸준한 노력을 통해서 획득할 수 있는 고급스런 기술이었다.

배우거나 경험하지 않았지만 이한열은 그냥 알 수가 있었다. 마치 머릿속에 각인된 것처럼 선천마기를 물질화한 순간 사용했다.

휙!

그가 상체를 뒤로 젖혔다.

후우웅!

천구마목의 우람한 나뭇가지가 강한 바람을 일으키면서 얼굴 위로 스치듯이 지나갔다.

파라락! 파파락!

머리카락이 뽑힐 듯이 나부꼈다.

매서운 풍압 때문에 얼굴의 살이 밀리면서 푸들거렸다.

눈앞에서 쩍 벌어진 천구마목의 입이 지나가는 걸 본 이한열의 눈이 매섭게 번뜩였다.

퍼엉!

폭음 터지는 소리와 함께 나뭇조각과 부서진 이빨들이 마구 비산하였다.

"가아아아! 가아아아!"

고통의 비명을 지르는 나뭇가지가 체액을 마구 뿌리면서 꿈틀거렸다.

"아프냐? 나는 기쁘다. 아까운 체액 함부로 버리지 말고 내게 다오."

이한열이 왼손으로 천구마목 입을 마치 꼬치 꿰듯 뚫어 버렸다. 거대한 충격을 받은 나뭇가지가 격렬하게 꿈틀거렸지만 단단하게 머리 위에 고정시켰다.

콸콸콸! 콸콸콸!

우람한 크기답게 뚫린 천구마목 가지에서는 체액이 마구 쏟아졌다.

체액을 전신으로 흠뻑 맞자 선천마기가 참을 수 없을 만큼 마구 용솟음치기 시작했다. 지금까지 단 한 번도 경험해 보지 못한 지독한 쾌감이 전신을 마구 내달렸다.

입으로 직접 흡입하지 않아도 체액의 선천마기를 흡수하는 것이 가능했다.

졸졸졸! 졸졸졸!

마구 쏟아지던 체액이 점점 줄어들어 갔다.

나뭇가지는 금방이라도 고사되어 먼지가 될 것만 같았다.

"이것밖에 없어? 더 쥐어짜란 말이다."

이한열이 주먹으로 마구 천구마목의 나뭇가지를 가격했다.

쿵! 쿵!

콰직! 콰자작!

나뭇가지가 요란하게 흔들렸다.

"가아아아! 가아아아!"

기괴하면서 구슬픈 울음소리와 함께 천구마목의 몸통까지 함께 흔들거렸다. 오랜 세월 축적해 온 선천마기를 잃어버리면서 천구마목은 점점 죽어 가고 있었다.

우당탕! 와당탕!

시끄러운 소리가 한층 더 커졌다.

엄청난 거구들이 땅바닥에서 데굴데굴 구르면서 진흙탕 싸움을 하고 있으니 흙먼지가 자욱하게 피어올랐다. 나뭇가지가 뚝뚝 부러져서 체액이 흘러나오고, 줄기가 꺾여서 수액이 튀어나왔다.

"이제 더 나올 게 없단 말이지?"

때리면서 쥐어짰지만 나뭇가지에서는 더 이상 체액이 흘러나오지 않았고, 이한열은 눈앞의 가지를 밀어냈다.

"다음 와라!"

이한열이 호기롭게 외쳤다.

"아아아아!"

이한열은 흡혈신목의 비상식량 겸 피 공급원으로 전락했다가 싸울 수 있는 지금 순간 살아있다는 걸 자각하면서 포효했다.

천구마목의 체액을 흡입하면서 꾸준히 진화하는 힘이 이한열의 몸과 마음 깊숙이 파고들었다. 흡혈신목에게 종속 혹은 기생되어 있는 지금 싸움과 진화는 삶이었고, 양식이었다.

파르르! 파르르!

천구마목의 나뭇가지들이 파르르 떨렸다.

콰쾅! 콰콰쾅!

퍼퍼퍽! 퍼퍼퍽!

이한열 주변에서 천구마목 나뭇가지들과 흡혈신목의 줄기들이 거칠게 부딪쳤다. 입과 주둥이, 덩굴손 등이 깨물고 할퀴면서 상대에게 타격을 주려고 날뛰었다.

"덩치 큰 괴수 대전이네. 나무끼리 싸우니까 초목 대전이라고 해야 하나?"

이한열이 초목 대전을 살피면서 중얼거렸다.

그는 지금 흡혈신목과 한 배를 탄 운명이었기에 주의를 기울일 수밖에 없었다. 쏠쏠한 활약을 펼치고 있지만 싸움의 진정한 승패는 흡혈신목과 천구마목이 결판내야 했다.

천구마목이 적지 않은 타격을 입은 모양이었다.

흡혈신목을 밀어붙이던 천구마목의 움직임이 점점 느려졌다. 약해진 천구마목의 공세 속에 흡혈신목이 힘을 내기 시작했다.

퍼퍼퍽! 퍼퍽!

흡혈신목의 줄기들이 강하게 천구마목에게 작렬했다. 덩굴손들이 날카롭게 천구마목의 몸통을 할퀴고 헤집어 놓았다.

"힘내라! 힘! 싸워서 이겨라."

이한열이 흡혈신목을 응원하면서도 자신이 해야 할 몫을 잊지 않았다. 연신 주먹을 휘둘러서 천구마목을 괴롭혔다.

퍽! 퍽!

그의 팔뚝이 천구마목의 속살에 깊숙하게 파고들었다.

"으악!"

너무 신바람을 낸 나머지 다쳤다는 사실은 잊어버리고 크게 상처 입은 오른손으로 가격하고 말았다. 생살이 찢겨져 나가는 고통이었다.

"이빨을 사용하자."

천구마목의 입에서 떨어져 나온 커다란 이빨을 잡았다.

길쭉하게 생긴 초승달 모양의 이빨은 잘 갈린 톱날처럼 날카로웠다.

휘익!

이한열이 쇄도하는 천구마목의 나뭇가지를 향해 휘둘렀다.

서걱! 스거걱!

썰리는 소리가 참으로 야릇했다.

손에 전해지는 기묘한 감촉과 함께 단단한 나무껍질이 그대로 베어졌다. 쩍 벌어진 나무껍질 사이로 검붉은 속살이 모습을 드러냈다.

"사람은 역시 도구를 써야 해."

이한열이 비릿하게 웃으면서 말을 이어갔다.

"이야! 네 이빨이 어지간한 칼보다 훨씬 좋다. 네 이빨에 썰리는 기분이 어때?"

"그아아아! 그아아아!"

비명인지, 아니면 분노인지 모를 괴음이 천구마목 입에서 튀어나왔다.

"좋다는 이야기지. 마구 썰어 주마."

이한열이 왼손에도 이빨을 구해서 쥐었다.

양손에 이빨을 든 그가 두 손을 마구 휘젓기 시작했다.

서걱! 서걱!

나뭇가지가 쉴 새 없이 썰려나갔다.

마치 덜 익혀서 나온 고기처럼 썰릴 때마다 핏물 같은 체액을 왈칵 토해 냈다. 천구마목의 여린 나무 속살과 체액들이 마구 떨어졌다.

"하하하하! 끝내준다."

절단 낸 천구마목의 속살을 입으로 잘근잘근 씹어서 먹고, 흘러나오는 체액을 게걸스럽게 흡입했다. 이빨을 사용하면서 속살과 체액을 더욱 많이 먹어 치웠다.

아예 요란하게 꿈틀거리는 나뭇가지를 왼손의 이빨로 꾹 찍어 고정시킨 뒤 오른손의 이빨로 토막 내기 시작했다.

타타탁! 타타타탁!

도마 위를 질주하는 칼처럼 신명난 소리와 함께 나뭇가지들이 먹기 좋은 크기로 나뉘어졌다. 벗어나고자 몸부림치던 천구마목의 나뭇가지가 완전히 절단 났다.

"오늘밤은 천구마목 먹는 날이다."

이한열의 두 눈이 광기로 마구 번들거렸다.

"잘근잘근 칼질하자! 칼질해서 씹어 먹자."

그가 미친 듯이 이빨을 휘둘렀다.

우우웅! 우우웅!

선천마기가 이빨에 알알이 맺히면서 밝은 빛을 토해 냈다.

선천마기로 빛나는 이빨이 더욱 예리해졌다.

서거걱! 서걱!

사각! 사각!

땅바닥에 가늘게 잘린 나무 조각과 파편들이 잔뜩 쌓여 나갔다.

"그아아아아아아아!"

천구마목에 매달려 있는 수많은 입들이 일제히 울부짖었다. 울음소리에는 비통한 슬픔, 안타까움, 분노 등이 가득 담겨져 있었다.

"후후후후! 떼창이 시끄럽구나. 주둥이를 모두 쫙 찢어 주마."

귀에 가득 전해져 오는 울음소리에 이한열이 히죽 웃었다. 천구마목의 입을 하나도 남기지 않고 모조리 먹어 없애 버릴 작정이었다. 살점 하나하나를 뜯어서 먹어 치워야 직성이 풀릴 것만 같았다. 몸이 불타는 것 같던 지독한 고통과 죽을지도 모른다는 공포의 경험으로 인해 분노가 식을 줄 몰랐다.

휘익!

이빨을 손에 움켜잡고 거대한 천구마목의 몸통에 달라붙은 이한열이 손에 들린 이빨을 그대로 쑤셔 박았다.

"크아아아아아아!"

천구마목이 고통스럽게 울부짖으면서 이한열을 떨어뜨리고자 몸부림쳤다.

하지만, 이한열은 고목나무에 붙은 매미처럼 찰싹 달라붙어서 떨어지지 않았다.

아파하는 모습을 본 그의 눈에 시퍼런 광기가 일렁였다.

"썰고, 찍고, 베고, 후벼 파고, 물어뜯자!"

신명나는 칼질과 함께 입까지 연약한 속살을 뜯어먹었다.

단단한 나무껍질과 달리 연약한 속살과 혈관 등만 있는 내부에는 이한열을 막아설 방어 수단이 전무했다.

휘이익! 휘획!

스거걱! 스걱!

거대한 둘레를 자랑하는 천구마목 몸통으로 이한열이 완전히 파고들었다. 사방에서 넘쳐 나는 체액이 코와 입, 귓구멍 등으로 흘러 들어왔다. 끈적끈적하고 구린내가 폴폴 나는 체액에 완전히 몸을 뒤덮었다. 시리도록 차가운 체액들이 몸을 감쌌다.

꿀꺽! 꿀꺽!

지독한 구린내에 구역질이 올라오기도 했지만 꾸역꾸역 목구멍에 집어넣었다.

사각! 사각!

미친 듯이 발광하는 두 개의 이빨이 천구마목의 속살을 가르고 혈관을 끊어 나갔다.

스스슥! 스스슥!

나뭇가지들이 이한열을 막기 위해 허겁지겁 다가섰다.

그 움직임에 맞춰 흡혈신목의 줄기와 덩굴손이 나뭇가지를 칭칭 동여매거나 막아섰다.

뚝! 뚝!

투툭! 툭!

나뭇가지들이 줄기와 덩굴손에 부러져 나가기 시작했다.

몸통 안에서 난리치고 있는 이한열 때문에 천구마목은 엄청난 타격을 입었다. 나뭇가지들에 공급하는 선천마기가 줄어들 수밖에 없었다.

그 결과 흡혈신목에게 우위를 내줬고, 결국 나뭇가지들이 부러졌다.

쫘아아악! 쫘악!

흡혈신목의 주둥이들이 입을 벌렸다.

신축성이 높았기에 코끼리도 잡아먹을 수 있을 정도로 커지는 게 흡혈신목의 주둥이였다.

와드득! 와드득!

후르륵! 후르룩!

거대해진 주둥이들이 나뭇가지들을 잘근잘근 씹어 먹었

다. 일부 주둥이는 흘러나오는 천구마목의 체액을 미친 듯이
빨아먹었다.

와구! 와구!

쩝! 쩝!

체액 속에서 날뛰고 있는 이한열이 천구마목의 몸통을 갈
기갈기 찢어 갈겼다. 끈적끈적한 체액으로 모두 막혀 있었기
에 코와 입으로 호흡하는 것이 불가능했다. 하지만 숨을 쉬
지 않아도 활동하는데 전혀 지장이 없었다.

분노로 발광하고 있는 이한열은 호흡 불가의 사소한 문제
따위는 아랑곳하지 않았다. 어차피 흡혈신목에 의해 심장은
잘만 뛰고 있었다. 그저 불편하지 않았기에 신경쓰지 않고
맹목적으로 눈앞의 천구마목을 절단 내기 위해 날뛰었다.

콰직!

멈추지 않고 움직이는 그가 여린 속살을 입으로 물어뜯었
다.

꿀꺽!

씹지도 않고 속살을 그대로 삼켰다.

꿀꺽!

체액으로 목을 축였다.

먹고, 마시고, 날뛰고 있지만 여전히 분노가 풀리지 않았
다. 더럽고 불쾌한 기분에 이빨을 더욱 사납게 휘둘렀다. 매

섭게 번들거리는 눈의 광기가 더욱 짙어져 갔다.

"으아아아아아!"

그가 발악적으로 외치면서 천구마목 몸통을 마구 헤집었다.

천구마목의 생명을 담고 있는 속살이 끊어지고 있었다.

콰자작! 콰자작!

우지끈! 우지직!

흡혈신목의 거센 공격으로 인해 천구마목의 나뭇가지가 꺾였다. 요란한 소리와 함께 이한열이 파먹고 들어가서 가운데가 텅텅 비고 껍질만 있는 상태에서 상단부의 몸통까지 부러졌다.

와구! 와구!

이한열이 아래로 내려가면서 속살을 야금야금 파먹고, 넘쳐나는 체액 속에서 수영을 했다.

파르르르! 파르르르!

몸통이 부러지면서 천구마목은 땅바닥에 그대로 누워 버렸다.

스르르르! 스르르르!

흡혈신목의 줄기와 덩굴손, 주둥이가 천구마목의 몸통과 나뭇가지를 뒤덮었다. 단 하나도 놓치지 않겠다는 듯 모든 걸 먹어치워 나갔다.

"그아아아! 그아아!"

천구마목이 다시 기운을 차리려고 버둥거렸지만 부상이 너무 심했다. 그리고 치명적인 부상이 지금 내부에서 계속 현재진행형으로 벌어지는 중이었다.

배 터지게 먹어 가면서 뿌리를 향해 나아가는 이한열이 가로막는 모든 걸 베고 뜯고 먹어 버렸다. 고통에 찬 천구마목의 괴성은 감미로운 음악이 되어 가슴을 적셨다.

부글부글! 부글부글!

체액들 속에 잠겨 있는 이한열의 몸에서 거품들이 일어났다. 살이 뭉텅 뜯겨져 나가 어깨와 뼈가 드러난 오른손, 부러진 허리에서 서서히 이상한 변화가 일어났다.

그렇게 생겨난 변화는 다신 발생하지 않았다.

이한열의 몸 전체에서 새로운 변화가 일어나고 있었다.

피부에 연두색 작은 잎사귀들과 나무껍질들이 우툴두툴하게 생겨나기 시작했다. 손가락 끝에는 날카로운 덩굴손의 갈퀴들이 돋아났다.

인간에게서는 결코 벌어질 수 없는 일이 일어나고 있는 광경이었다.

흡혈신목의 지원과 천구마목의 선천마기가 몸속에 축적되면서 발생한 변화였다. 몸에 터질 듯이 넘쳐나는 선천마기로 인해 몸의 변화, 이한열의 진화가 시작됐다.

꿀꺽! 꿀꺽!

목이 터져라 천구마목의 속살을 뜯어 먹었지만 배가 부르지 않았다. 체액을 배가 터질 정도로 끊임없이 흡입하고 있는데도 불구하고 여전히 목이 말랐다.

배고프고 해갈이 가시지 않았기에 천구마목을 더 많이 뜯어 먹기 위해 날뛰었다. 속살을 가르면서 더욱 많은 체액이 나오도록 갈기갈기 찢고 헤집었다.

그리고 그 과정에서 흡혈신목과 천구마목의 영향을 받은 식물화가 이한열의 몸에서 일어나고 있었다. 흡혈신목과 천구마목의 딱딱한 나무껍질과 잎사귀, 덩굴손 같은 특징들이 이한열에게 나타났다. 두 초목 괴수의 성질들이 인간의 몸에 퍼져 나갔다.

식물화되고 있는 인간!

이한열은 식물의 특징을 가진 인간이 되어 버렸다.

식물 인간화는 고목신공을 익히기 위한 필연적인 과정이었다. 진실된 배교 교주로 등극하기 위해서는 식물 인간화 그리고 고목신공이 필수였다.

흡혈신목과 천구마목은 끝없이 진화를 한다는 조건이 붙으면 불멸할 수 있다. 두 초목괴수들의 성질들을 가지게 된 이한열은 불멸의 힘을 지녔다고 말할 수 있었다.

거친 나무껍질 표면에는 녹색의 잎사귀들이 기이하게 피

어나 있었다. 잎사귀들과 연결되어 있는 줄기에는 날카로운
덩굴손들이 돋아나서 연신 꿈틀거렸다.

파파팍! 파파팍!

와우와구! 와구와구!

쩝! 쩌업! 쩝!

천구마목을 파먹으면서 뿌리를 향해 나아가는 이한열의
몸놀림이 경쾌했다. 식물화의 정도가 높아지면서 속도는 더
욱 빨라졌다.

그가 마침내 뿌리 앞에 도착했다.

이미 천구마목은 죽은 것처럼 땅바닥에 누워서 꼼짝도 하
지 않았다. 뿌리만 살아있을 뿐 그 위쪽의 부위는 모조리 생
명을 유지시킬 기능을 상실한 상태였다.

스스스! 스스스!

흡혈신목의 종전보다 더욱 커진 줄기와 잎사귀, 주둥이들
이 천구마목을 뒤덮었다. 천구마목의 선천마기를 흡수하면
서 더욱 성장한 결과였다. 그리고 지금도 계속해서 쪽쪽 빨
아들이면서 눈에 보일 정도로 자라나고 있었다.

스르르르! 스르르르!

흡혈신목의 줄기가 천구마목의 모든 뿌리를 칭칭 휘어 감
았다.

줄기들이 새하얗게 물들기 시작했다.

뿌리에 깃들어 있는 농염한 기운들을 모조리 흡수하였다.

쿵! 쿠웅!

쿠웅! 쿵! 쿵!

이한열의 심장이 요란하게 뛰었다.

격렬하게 탐식하며 싸웠던 그의 팔에서 힘이 사라져 갔다. 여전히 심장을 꿰뚫고 있는 흡혈신목의 줄기와 덩굴손에서 끊임없이 밀려오던 선천마기가 싹 사라졌다.

흡혈신목은 강력한 적 천구마목이 침묵하자 이한열에게 더 이상의 지원을 하지 않았다.

"컥! 커억!"

이한열은 숨이 가빠왔다.

그제야 체액 속에 잠겨있다는 사실을 깨달았다.

끈적끈적한 체액에 잠겨 숨을 쉬자 몸이 끊어질 것처럼 아파왔다. 몸이 뜨겁게 타오르는가 싶더니 이내 차갑게 식어 갔다.

"크허헉! 허억!"

지독한 고통에 절로 사지가 벌벌 떨렸다.

지원해 주던 흡혈신목의 기운이 사라지자 충만했던 선천 마기가 부족해졌다. 그렇기에 아픔을 무시하고 날뛰던 이한열의 통각이 정상으로 돌아왔다. 사실 어깨와 오른손, 허리에 치명적인 부상을 가지고 있기에 고통은 당연했다.

비록 흡혈신목의 지원은 사라졌지만 그 전에 넘겨줬던 기운들은 여전히 이한열의 몸에 남아있었다. 그리고 그를 둘러싸고 있는 체액들에도 상당한 기운들이 녹아 있었다.

체액에서 호흡을 하는 건 여전히 가능했다.

다만 몸에 입은 치명적인 상처에서 주는 지독한 고통과 물속에서 인간이 호흡할 수 없다는 고정관념으로 인해 이한열이 공황에 빠져 버렸다.

하지만 이한열의 당황과는 별도로 여전히 식물화 과정은 진행 중이었다.

스으으! 스으으!

입과 코 등 전신의 구멍과 피부모공을 통해 체액들이 들어왔다.

스르륵! 스르륵!

체액 속에서 고통에 몸부림치고 있는 이한열이 해초처럼 떠다녔다.

보골! 보골!

꿈틀! 꿈틀!

기포와 거품들이 이한열의 몸에서 튀어나왔고, 그의 몸을 수십 수백의 나무껍질과 나뭇잎, 덩굴손들이 뒤덮기 시작했다. 엄청나게 숫자를 불려나가는 식물의 특징이 이한열의 전신으로 퍼졌다. 처음에는 작은 크기였지만 지속적으로 자라났다.

식물화된 부분들이 이한열의 몸을 완전히 감쌌다.

고치에 갇힌 누에의 처지가 되어 그가 체액에서 둥실둥실 떠다녔다.

그그극! 그그극!

땅바닥에 널브러져 있던 흡혈신목이 뿌리를 대지에 박으면서 일어섰다. 줄기들이 꺾이고, 덩굴손들이 떨어져 나가는 등 흡혈신목 역시 이번 싸움으로 적지 않은 피해를 입었다.

상처 입은 줄기와 덩굴손들이 천구마목을 칭칭 감싸고 있었다.

흡혈신목은 천구마목의 기운을 모두 흡수한다면 종전보다 더욱 진화할 수 있었다.

슥!

밤이 가고 낮이 되었지만 우뚝 선 흡혈신목은 꼼짝하지 않았다. 천구마목을 완전히 흡수하기까지 적지 않은 시간이 필요했다.

스스스! 스스스!

흡혈신목이 평범한 나무처럼 불어오는 바람에 잎사귀를 흔들었다. 그러면서 땅바닥으로 축 늘어진 줄기와 잎사귀들이 천구마목을 칭칭 뒤덮고 있었다.

시간이 흐른다.

태양은 뜨고 지는 자연의 흐름을 거듭하였고, 어두운 암천에 별이 떴다가 사라졌다. 비가 내리다가 그쳤고, 호수물이 차올랐다가 빠졌다.

따뜻하던 계절이 가고 얼음이 얼어붙었다.

북쪽의 차가운 공기가 흘러와 일대를 강타하였다.

얼음에 뒤덮인 나무가 강풍을 이기지 못하고 부러졌다.

계절이 몇 번이나 바뀌었다.

무정한 시간이 무정하게 지나갔다.

그런 시간이 생명을 가진 존재들에게는 의미 있게 작용하였다.

무더운 여름날 새 한 마리가 유유히 창공을 선회하면서 날았다. 날카로운 눈빛으로 대지를 내려다보면서 먹잇감을 찾고 있었다.

새의 눈이 반짝였다.

햇볕 내리쬐는 대지에 우뚝 선 나무의 단단한 가지 위에 통통하게 살 찐 다람쥐 한 마리가 열매를 갉아먹으며 평화로운 시간을 보냈다.

휘이익!

새가 허공을 선회하면서 날카로운 눈빛으로 다람쥐를 응시했다. 그러더니 시선을 떼지 않은 채 쏜살같이 급강하하여 내리꽂혔다.

꽈득!

힘찬 날갯짓을 하면서 발톱을 벌려 노리던 다람쥐를 꽉 움켜잡았다.

"찌익!"

다람쥐가 날카로운 발톱 아래에서 고통스럽게 버둥거렸다. 안간힘을 다해 발톱에서 벗어나려고 했지만 그럴수록 더욱 찢어진 상처에서 많은 피를 흘렸다.

스르륵! 스르륵!

붉은 피가 줄기를 타고 아래로 흘러 내려갔다.

꽉!

새가 줄기에 발톱을 박아 넣으면서 우뚝 섰다.

애초부터 줄기 위에서 다람쥐를 뜯어먹을 작정이었다. 바람을 맞으면서 높은 곳에서 다른 짐승들로부터 방해받지 않고 맛있게 식사를 할 수 있다고 판단했다.

하지만…….

그런 판단은 너무 안이했다.

휘익! 휘이익!

바스락! 바스락!

새가 빠르고 강렬하게 내리꽂힌 반동 때문에 줄기들과 잎사귀들이 요란하게 흔들렸다.

스르르르! 스르르르!

소리를 틈타 덩굴손에 휩싸인 잎사귀들이 새와 다람쥐를 향해 은밀하게 다가들었다.

대수롭게 생각하지 않은 새가 발톱에 움켜잡고 있는 다람쥐를 부리로 쪼려고 할 때였다.

휘리릭! 휘릭!

덩굴손이 새와 다람쥐를 한꺼번에 휘어 감았다.

화들짝 놀란 새가 황급히 날갯짓을 하면서 창공으로 날아오르려고 했다. 그러나 이미 하늘로 날아오를 수 있는 능력을 덩굴손에 빼앗긴 후였다.

콰드득! 콰드득!

새가 덩굴손에 의해 요란한 소리를 내면서 뭉개졌다.

"짹!"

한마디 비명을 내지르면서 죽었다.

"찌익!"

발톱에 붙잡혀 있던 다람쥐 역시 단숨에 어육으로 변했다.

붉은 피와 뭉개진 시체 파편이 덩굴손과 줄기, 잎사귀에 의해 깨끗하게 사라졌다.

깔끔하게 사체의 흔적을 지웠다.

식물이 반짝반짝 윤기 넘치는 푸른빛을 뿜냈다.

그런 식물 아래에는 볼록하면서 길쭉한 흙더미가 보였다. 흙 위에는 식물의 덩굴손과 잎사귀들이 자라고 있었다.

흙더미 안에서는 생명체의 진화가 끝나가고 있었다. 생명을 유지시키면서 성장시키는 체액으로 안에서 짜임새 있는 식물 인간이 만들어지는 중이었다.

쩌억! 쩌저적!

쩍! 쩍쩍쩍!

기묘한 소리와 함께 흙이 들썩거렸다. 쌓여 있던 흙이 떨어져나가면서 지의류와 이끼에 뒤덮여 있는 다 썩어가는 나무껍질이 모습을 드러냈다.

파파팟! 파파팟!

나무껍질이 산산조각나면서 비산했다.

파편들 사이로 팔뚝 하나가 모습을 드러냈다.

퍽!

또 하나의 팔뚝이 나무껍질을 뚫고 나타났다.

두 손이 사방을 휘젓자 나무껍질들이 일제히 부서졌다. 우수수 떨어져나가는 파편들 사이로 머리 하나가 불쑥 드러났다.

밖으로 모습을 드러낸 이한열의 몸은 매끄러웠다. 천구마목과 싸움에서 발생한 상처는 애초부터 존재하지 않은 것처럼 보였다. 진화하면서 새롭게 육체를 재구성했기 때문에 기존의 상처는 완전히 사라져 있었다.

"하아! 신선한 공기!"

이한열이 한껏 호흡했다.

코와 입을 통해 들어오는 시원한 공기가 얼마나 소중한 존재인지 땅속에 있으면서 뼈저리게 깨우쳤다. 축축한 공기를 맡으면서 무수히 몸서리쳤다. 그 때문에 진화를 멈추고 밖으로 나올까 생각도 했었다.

"아아아!"

그의 눈에 거대한 덩치를 자랑하고 있는 흡혈신목이 가득 들어왔다.

윤기 자르르 흐르는 흡혈신목은 그간 더욱 자라 있었다. 마지막으로 봤을 때보다 무려 오 할은 더 자란 듯 보였다.

"보고 싶었다."

이한열이 흡혈신목을 향해 뛰어갔다.

휘익!

허공으로 날아오르면서 두 발로 흡혈신목을 강타했다.

콰앙!

굉음과 함께 흡혈신목이 흔들렸고, 두 발이 작렬한 부분은 시꺼멓게 죽어 갔다.

기이이이! 기이이이!

기묘한 파동이 일어났다.

파동이 공간을 가로질러 이한열에게 전해졌다.

마치 혜광심어처럼 파동에 담긴 흡혈신목의 뜻이 이한열에게 그대로 전해졌다. 진화를 하면서 획득한 능력 가운데 하나였다.

"왜 때리느냐고?"

파동을 접한 이한열의 미간이 하늘을 향해 솟구쳤다.

빠악!

주먹으로 맹렬하게 흡혈신목의 밑동을 때렸다.

쿠웅!

흡혈신목이 요동쳤다.

기이이이! 기이이이이!

구슬픈 파동이 사방으로 마구 퍼져 나갔다.

흡혈신목은 선천마기를 포기하면서까지 이한열이 자라날 수 있도록 배려했다. 비상식량으로 가지고 다녔지만 천구마목과의 싸움을 통해 느낀 바가 있어 작은 씨앗까지 심장에 심어 주었다.

그 씨앗에서 싹이 터서 자랐다.

그렇게 하여 이한열이 식물의 특성을 가질 수 있는 근간이 만들어졌다.

이한열은 흡혈신목이 배 아파서 만들어낸 후계자인 셈이었다.

비록 처음 단추가 잘못 끼워졌지만 흡혈신목의 입장에서는 자식에게 두들겨 맞는 꼴이었다.

기이이이이이이! 끼이이이이잉!

흡혈신목이 패륜적인 현실 앞에서 구슬프게 울어 댔다.

"오늘 한 번 자식 손에 작살나 봐라."

이한열의 눈에 광기가 일렁였다.

금방이라도 그의 손에 흡혈신목이 파괴되어 쓰러질 것만 같았다. 그러면 흡혈신목이 세상에서 사라질 수밖에 없었다.

흡혈신목이 마치 자식을 바라보는 것처럼 이한열을 이해했다. 방어를 할 수 있었지만 모든 걸 어머니의 마음으로 너그럽게 받아 줬다.

하늘보다 높은 어머니의 마음으로…….

자애로운 마음이 이한열을 더욱 발광하게 만들었다.

"식물이 어머니라니? 있을 수 없는 일이야."

그가 주먹으로 흡혈신목을 오지게 두들겨 패면서 소리쳤다. 때리면 때릴수록 점점 손에 힘이 들어갔다.

빠악! 빡!

펑! 퍼엉!

타격 소리가 점점 더 커졌다.

그럴수록 흡혈신목의 흔들림이 더욱 거세졌다.

분노를 해갈하기 위해 때리면서도 마음이 후련하지 않았

다. 오히려 해서는 안 될 짓을 하는 것처럼 마음이 무겁게 가라앉았다.

"이 꼴로 어떻게 중원에 가란 말이야!"

이한열이 소리쳤다.

다시금 중원으로 돌아가고 싶지만 괴물이 되었기에 불가능했다. 나무껍질과 잎사귀로 뒤덮인 몸을 가지고 어딜 간단 말인가. 부모님께도, 북경에도 돌아갈 수 없었다.

기이이이이이! 기이이이!

무방비 상태로 두들겨 맞고 있는 흡혈신목이 파동을 뿜어냈다.

"뭐? 피부 안쪽으로 넣을 수 있다고?"

이한열이 눈을 동그랗게 치켜떴다.

흡혈신목은 자식에게 없는 말을 지어내지 못했다.

"안 되면 죽을 줄 알아!"

으름장을 내뱉은 그가 정신을 집중하여 몸에 흐르는 선천마기에 집중했다. 그 순간 몸속에 도도하게 흘러가는 두 개의 흐름이 확실하게 잡혔다.

후우우웅! 후우웅!

후우우우! 후우우우!

말로 표현할 수 없는 기묘한 뜻을 담고 있는 파동이 심장에서 일렁였다. 심장에서 피가 뿜어질 때마다 파동이 전신을 타고 휘감아 돌았다. 파동이 뇌에 전달되었고, 근육을 간질였고, 뼈를 보듬어서 쓰다듬었다. 파동이 스치고 지나가면서 전신의 감각이 생생하게 깨어났다.

오감을 뛰어넘는 감각!

식물들이 가지고 있는 초감각!

인간으로 치면 육감이 열렸다.

육감이 개방되면서 몸과 주위에 흐르고 있는 선천마기가 손에 잡힐 듯이 선명했다.

보고 선명하게 느껴지는 흐름을 조절하는 건 어려운 일이 아니었다.

단지 익숙하지 않을 뿐.

몇 번의 조절과 함께 선천마기의 흐름이 이한열의 의지 아래 놓였다. 피부에 흐르고 있는 기운들을 과도할 정도로 늘리면서 세밀하게 조절했다.

스르릉! 스르르릉!

몸을 뒤덮고 있던 나무껍질이 몸속으로 스며들었고, 나뭇잎들이 새싹처럼 작아지나 싶더니 피부 모공에 흡수될 정도로 작아졌다.

그것들이 사라진 것은 아니었다.

피부 밖에 있던 것들이 안쪽으로 자리를 옮겼을 뿐이었다.

사아아! 사아아아!

바람이 불어와서 매끄러운 피부를 간질였다. 딱딱하게 느껴지던 나무껍질이 사라지자 피부가 서늘한 바람을 생생하게 받아들였다.

흡혈신목과 천구마목 두 초목 괴수의 특성을 지닌 이한열이었다. 과거 배교 교주만이 가질 수 있는 식물 인간의 특성을 중원 무림에서는 고목신공 혹은 고목마공이라고 부르면서 두려워했다. 팔이 박살 나고 잘려도 다시금 재생될 수 있는 불멸의 힘을 가진 고목신공은 최강의 호신신공이었다.

고목신공을 잃어버렸기에 배교에서는 혈혼피와 같은 신외지물의 마병을 만들어 내야 했다. 그런데 지금 이한열은 고대 배교의 진실된 힘 가운데 하나이자 배교 교주의 상징인 고목신공의 힘을 획득했다.

씨익!

이한열이 얼굴 가득 웃음을 지었다.

식물의 특성을 몸에 지니게 됐지만 그는 인간이라는 사실을 잊지 않았다. 아무리 강한 능력이 있다고 해도 인간의 사상과 특성을 버릴 수는 없었다.

그는 인간이었다.

"이제 진정한 교주가 되었다고 할 수 있겠어."

이한열이 자신을 애써 알아서 잘 포장했다.

기이이! 기이이이!

흡혈신목의 파동이 튀어나왔고, 이한열을 부드럽게 휘어 감았다. 따뜻함을 가득 담고 있는 파동이 마음을 위로해 줬다.

빡!

듣자마자 얼굴을 잔뜩 찌푸린 그가 주먹을 내질렀다.

쿠웅!

요란한 소리와 함께 흡혈신목이 흔들렸다.

기이이이이이! 기이이이!

"난 인간이야! 너의 특별한 자식이 아니야."

이한열이 소리치면서 부정했다.

나무껍질과 나뭇잎을 가지고 있는 인간이 과연 사람일까?

마음이 절로 무거워졌다.

두 눈을 부릅뜬 그가 우뚝 서있는 흡혈신목을 노려보았다.

"닥치고 맞자. 응! 내 마음이 풀릴 때까지……."

기이이이! 기이이이!

흡혈신목이 구슬프게 울면서 몸을 흔들어 댔다. 어렵게 만들어 낸 자식이 존재를 부정하고 있기에 어미로서 슬퍼하고 있었다.

쾅! 콰앙!

주먹이 흡혈신목에 부딪칠 때마다 굉음이 터졌다.

폭음의 강도가 점점 강해졌다.

자식으로 생각하는 이한열에게 맞는 흡혈신목의 통곡했다.

기이이이이이이이이!

애절한 파동소리에 사방으로 퍼졌다.

이한열보다 강한 힘을 가지고 있는 흡혈신목이지만 어머니의 마음으로 맞아 줬다. 만약 흡혈신목이 제대로 모든 힘을 드러낸다면 이한열은 곤란한 상황에 처할 수밖에 없었다.

그런 사실을 이한열이 알았고, 흡혈신목도 인지하고 있었다.

그리고 이한열은 흡혈신목이 자신을 공격하지 않을 거라는 느낌을 받았다. 죽음에 이르러 먼지처럼 흩날리게 된다고 해도 끝까지 무방비 상태로 있을 거라는 사실을 알았다.

빠가각! 빠각!

그런 진실을 알았기에 이한열이 흡혈신목을 괴롭히면서도 치명적인 일격을 날리지 못하였다. 자식으로서 투정을 부리기는 하지만 어머니를 사멸에 빠지게 할 수는 없는 노릇이었다.

흡혈신목은 자식의 분노가 가라앉기를 온몸으로 맞으면서 기다리고 있었다.

퍽! 퍽!

빠각! 빡!

펑! 퍼엉!

무수한 주먹질과 발길질이 이뤄지면서 시간이 흘렀다.

때리고 또 때리면서 마음속에 있던 분노가 점차 희미해져 갔다.

끊임없이 울려 퍼지던 타격 소리가 뚝 끊어졌다.

"그만하자."

흡혈신목에게 죽음을 선사할 수 없다는 진실을 이한열이 마침내 받아들였다.

기이이이! 기이이!

뜻을 전달하면서 흡혈신목이 기쁨으로 줄기를 흔들어 댔다.

"크크크크! 나는 식물 인간이다."

식물이면서 인간임을 자각한 순간 식물의 특성을 가졌다는 사실이 불쾌하지 않았다.

투투툭! 투툭!

삽시간에 몸을 나무껍질이 뒤덮었고, 그 위로 나뭇잎들과 덩굴손들이 나타났다. 고동색으로 번들거리는 나무껍질 위에 녹색 광택을 내뿜는 나뭇잎, 날카로운 덩굴손들이 무척 인상적이었다.

뜨거운 태양빛과 열기에 기분이 좋아졌다.

마음까지 따뜻하게 녹아드는 기분이었다.

태양을 접하는 것만으로도 포만감이 들었고, 몸에 힘이 솟구쳤다. 햇볕을 좋아하는 식물의 성질이 이한열에게 기쁨을 선사해 줬다.

햇볕만 꾸준하게 받아도 성장할 수 있는 식물 인간 이한열이었다.

배교 교주를 위한 유적에서 이한열은 찰나지만 영겁과도 같은 심상의 시간을 보냈다. 그리고 고목신공을 가지기 위한 식물 인간의 시간이 이한열의 마음을 일부 뒤틀어지게 만들었다.

第十章
교주의 칼

進士武林

이튿날, 천소연이 다시 대나무 숲을 찾았다.

따뜻한 햇볕에 의지해 올라가는 그녀가 항상 천도훈이 있었던 장소에 도착했다.

"어디 가셨을까?"

그녀가 한참을 기다렸지만 천도훈의 모습이 보이지 않았다. 어디에 천도훈이 있는지 알 수가 없어서 마냥 기다리기도 애매했다.

기다리다 지친 그녀가 다른 곳을 찾아보기로 했다.

"혹시 집에 계실지도 몰라."

그녀가 천도훈이 지낸다는 숙소로 향했다. 한 번도 가 본

적은 없었지만 대략 길을 들어 알고 있었다.

사람들의 발길이 닿지 않는 숲 한쪽에 대나무로 만들어진 집이 있었다. 오래되어 보이는 집은 금방이라도 쓰러질 것처럼 허름했다. 군데군데 구멍이 뚫린 외벽을 통해 안이 보일 정도였다.

궁핍이 담벼락처럼 둘러쳐진 집을 목격한 천소연이 큰 충격에 빠졌다.

"이런 폐가와 다름없는 허름한 집에서 홀로 살아왔다고?"

그녀는 쉽게 상상이 가지 않았다.

고독한 천도훈처럼 관리되지 않고 있는 허름한 집은 외롭고 쓸쓸해 보였다. 이곳에서 오랜 시간 살아왔을 천도훈의 삶을 그녀가 온전히 이해하기란 불가능했다.

"이럴 수가……."

그녀가 손으로 입술을 막으면서 놀랐다.

어렴풋이 천도훈의 쓸쓸했던 삶을 떠올린 그녀가 막막한 안타까움에 눈물을 글썽거렸다.

"엄마가 너무나도 잔인한 짓을 저질렀어."

천소연이 울먹거렸다.

천도훈의 궁핍하고 힘들었던 생활들이 그녀의 어머니인 조나경으로 인해 벌어졌다는 사실이 그녀를 아프게 만들었다. 그 광경의 폐해를 직접 두 눈으로 목격하자 새삼 가슴이 떨려 왔다.

슬픔과 절망감, 안타까움 등이 그녀를 짓눌렀다.

그녀는 쉽사리 곁을 내주지 않고 있는 천도훈의 마음이 이해가 됐다.

"이처럼 큰 죄를 어떻게 감당해야 할까?"

그녀는 버거웠다.

너무나도 버거워서 내려놓고 천도훈에게서 멀어지고 싶었다.

하지만 그래서는 안 된다는 걸 잘 알고 있었다.

근자에 부쩍 마음이 성장한 그녀가 아파하는 천도훈을 이대로 내버려 둘 수는 없었다. 두려워서 다가가지 않으면 천도훈은 영원히 차가운 얼음벽에 뒤덮여서 살아가야만 할지도 몰랐다.

"오라버니!"

문 앞에 선 그녀가 천도훈을 불렀다.

잠시 반응을 기다렸지만 집에서는 어떠한 인기척도 없이 조용했다.

"오라버니 안에 계세요?"

그녀가 재차 천도훈을 찾았지만 감감무소식이었다.

"잠시 들어갈게요."

그녀가 문을 열고 안으로 들어갔다.

주인 없는 집에 들어간다는 죄의식이 슬쩍 뇌리에 떠오르기도 했지만 천도훈의 거처를 확인하고 싶은 마음이 강했다.

"좁아."

사람 서넛이 앉으면 서로 부딪칠 정도로 협소한 집안이었다. 한 귀퉁이에는 책들이 쌓여 있었고, 벽에는 허름한 옷 몇 가지가 스산하게 걸려 있었다.

"있구나."

천소연의 입가에 잔잔한 미소가 어렸다.

벽에 걸린 옷들 가운데 유난히 빛나는 옷이 보였다.

천소연이 가져다준 옷이었다.

입지 않아서 버리지 않았을까 걱정했는데, 그 옷이 집에 걸려 있었다.

"오라버니께서는 이런 좁고 허름하면서 황량한 방에서 살아오셨구나."

그녀가 방의 여기저기를 살폈다.

방이 고집스러운 주인 천도훈에 대해서 보여 준다.

손때 묻은 서적과 허름한 옷가지 등 몇 안 되는 세간살이에 천도훈의 삶이 영욕과 함께해 왔다는 걸 알려 주고 있었다.

그녀의 풍족했던 삶과 극단적으로 대비되는 방의 풍경을
보면 볼수록 천소연은 두렵고 어려웠다.

"이건?"

그녀의 시선이 벽에 고정됐다.

대나무 벽에는 검은 선과 얼룩들이 있었다.

처음에는 세월의 흐름과 함께 만들어진 흔적이라고 여겼
다. 하지만 선과 얼룩들을 보면 볼수록 빠져드는 기묘한 느
낌이었다.

사박!

그녀가 한 걸음 떨어져서 벽을 바라보았다.

그러자 벽에 있던 선과 얼룩들이 무엇을 나타내는지 확연
히 알게 됐다.

"그림이다."

구멍 난 벽과 천장을 통해 눈부신 빛이 실내를 비췄다.
햇빛에 비친 선과 얼룩들이 들쑥날쑥 솟아났다가 뜬금없이
물결치고 있었다.

초빙한 전문가들에게 금기서화를 직접 배운 그녀의 눈에
비친 선과 얼룩들은 무척이나 어설퍼 보였다.

"조악해."

그녀가 중얼거렸다.

그림에는 일정한 양식이 존재했다.

벽과 천장에 새겨진 선과 얼룩들이 만들어 낸 그림은 그런 양식에서 완전히 일탈해 있었다.

"하지만 생생해."

선과 얼룩들은 금방이라도 밖으로 튀어나올 것처럼 생동감 넘쳤다. 숨결을 불어넣어 새겨 그렸다고 해도 과언이 아니었다.

검법으로 치면 바로 생검이었다.

그녀가 생생하게 표현된 선과 얼룩들의 향연 앞에서 빠져들었다.

"사나워."

그녀가 그림을 그리면서 감정을 마구 뿜어냈을 천도훈을 떠올렸다.

상처 입은 고슴도치가 가시를 바짝 곤두세우고 있다고 할까?

천소연이 절박과 극한에 휘몰렸던 자의 마음이 어떠했는지 살짝 엿볼 수 있었다.

그림에 어둡고 컴컴하고 고독과 절망으로 절여진 마음이 잘 표현되어 있었다.

그녀는 지금 중요한 현장에 왔다는 사실에 흥분했다.

기실 예술 작품을 감상하는 것은 작가의 내면을 살피는 것과 비슷했다. 작가가 그림으로 표현한 걸 보면서 함께 호흡하는 때문이었다.

"단단하게 갑옷으로 무장되어 굳어진 느낌도 있어."

그녀가 천도훈의 내면을 그림을 통해 알아갔다.

절망과 쓰라림, 그리고 고독 등 천도훈의 마음을 바탕으로 해서 탄생한 그림들이었다. 자연스럽게 그 마음이 그림에 녹아들어 있었다.

"결코 틀 안에 갇히지 않는 자유로운 영혼이다."

구태의연함에서 벗어난 자유로운 패기가 그림에 도도하게 녹아 있었다. 남들이 알아주지 않더라도 자시만의 패도를 가겠다는 천도훈의 의지가 추상적인 선과 얼룩에 잘 나타나 있었다.

천도훈의 마음이 고스란히 전달되는 걸 보고 느낀 천소연이 전율과 감동을 받았다. 많은 그림들을 보고 그리면서 공부했지만 천도훈의 그림처럼 생생한 마음을 전해 받았던 경험은 전무했다.

그녀가 그림들에 푹 빠져서 눈을 반짝이고 있을 때였다.

스륵!

문이 열렸다.

"여기에는 무슨 일이지?"

천도훈의 말에 천소연은 번뜩 정신이 들었다.

지금까지 코빼기도 보이지 않던 천도훈이 마침내 모습을

드러냈다.

"죄송해요. 허락도 구하지 않고 들어왔어요."

천소연이 사죄했다.

천도훈만의 공간에 침입해서 내면을 함부로 살펴봤다는 죄책감이 그녀에게 묻어났다.

사람은 어디든 원하는 곳을 갈 자유가 있다고 생각하는 천도훈은 대수롭지 않게 넘어갔다.

만약 대나무 집에 들어와서 실례가 되는 부분이 있었다면 그건 제대로 관리하지 못한 천도훈의 잘못이었다.

평범한 사람들과 약간은 다른 생각을 가진 천도훈이었다.

그에 힘을 얻은 천소연이었다.

그녀가 자주 부딪치면서 천도훈의 특이함에 약간 익숙해졌다.

"꼭 일이 있을 때만 찾아와야 하나요. 이제부터는 하루도 빠지지 않고 매일 오라버니를 찾아뵈려고 해요."

"귀찮아지겠군."

천도훈이 심드렁해했다.

"마음을 그대로 표현한 멋진 그림이네요."

천소연의 말에 천도훈이 반응을 나타냈다.

스팟!

천도훈의 눈에 이채가 번뜩거렸다.

천소연은 함부로 말을 했다는 자책감에 손으로 자기 입을 틀어막았다.

"그림을 볼 줄 알아?"

"순수함에 지극한 전율과 감동을 받았어요. 어디서 그림을 배우셨나요?"

"독학했다."

천도훈이 말했다.

그가 홀로 있는 고독과 절망감을 그림으로 표현했다.

미칠 것 같은 마음에서 혼신의 힘을 기울여서 그림에 마구 표출했다. 그렇게라도 하지 않았으면 정말로 돌아 버렸을 지도 몰랐다.

그럴 줄 미루어 짐작했던 천소연이 고개를 끄덕였다.

'이건 기회야.'

항상 귀찮아하던 천도훈이 처음으로 그녀의 말에 귀를 기울여 주고 있었다. 이 상황을 어떻게 이용할지 고민하던 그녀가 그림을 혹평했다.

"그림은 인간의 내면에 이르는 길이기도 해요. 그 길에는 왕도가 없지만 과거로부터 전해져 내려오는 양식들이 존재해요. 아쉽게도 오라버니의 그림에는 그런 양식들이 보이지 않아요. 마구 표현하는 건 감정 표출의 낙서이지, 그림이 아니에요."

"낙서라고?"

천도훈이 진지한 표정으로 나지막이 말했다.

방황했던 마음을 표현한 선들이 낙서라고 혹평받자 천도훈의 마음에 안타까움이 일었다. 그러면서 진정한 그림을 알고 싶다는 열망이 생겼다.

"규와 격을 비롯한 양식에서 벗어나도 괜찮아요. 하지만 그건 탄탄한 기초 위에서 이루어져야 하는 일이겠지요. 기초를 알고 난 뒤에 잊어버리고 자신에게 마음에 맞춰야 제대로 된 그림이라고 할 수 있어요."

천소연이 최선을 다해 머리를 쥐어짜 가며 내뱉은 말이었다.

"그렇군."

다행스럽게도 그녀의 말이 천도훈의 마음에 와 닿았다.

화산파의 매화검법은 익히는 사람에 따라 특징이 확연하게 다르게 나타나는 대표적인 무공이었다. 기초를 익힌 뒤에 사람의 성격에 따라 쾌검 혹은 환검, 중검이 된다.

무공과 그림의 비슷한 점은 마음 안에서 안 태어나면 별 볼 일이 없다는 것이다. 명료한 자기 성찰을 거치고서야 찬란한 빛을 발휘하게 된다.

"낙서를 아름답다고 느낀 건 처음이에요. 여기에 격과 예를 비롯한 양식을 더하면 찬란하게 빛을 발할 것이 확실해요."

천재적인 재능을 가진 천도훈보다 정작 천소연이 흥분했다. 그림에 대해서 알려 주고 싶어서 그녀는 입이 근질거렸다. 대어를 낚아 올리기 위해서 그녀가 붉은 입술을 열었다.

"그림에 대해서 알려 드릴까요?"

천도훈이 대나무 숲에 들어온 지도 벌써 이십 여 년이 되어 갔다. 그는 강산도 두 번 바뀐다는 세월을 고독하게 홀로 버텼다. 그런 그에게 그림이란 영혼의 동반자와도 같았다.

영혼의 동반자가 손가락질 받는데 그대로 방치할 수는 없었다.

천도훈은 귀찮아질 것 같다는 예감이 들었지만 영혼의 동반자인 그림에 대한 욕구가 더욱 컸다.

"그래."

결국 천도훈이 고개를 끄덕였다.

천소연의 얼굴에 환한 미소가 번졌다.

그녀가 무기력하고 존재감 없는 여동생 천소연에서 의미 있는 그림 선생으로 올라섰다. 여동생으로 대접받지 못한다는 사실에서는 여전히 문제가 많았다.

'한 걸음부터 차근차근 시작하자.'

그녀가 가족들 사이의 아픔을 천천히 치유하겠다고 속으로 다짐했다.

천도훈이 집으로 들어오자, 천소연과 삐쩍 골았다고 말할 정도로 마른 중년 사내가 있었다.

"오라버니! 이분은 유명한 송유신 화백이세요. 정말 어렵게 초빙한 분이에요."

유난히 눈이 빛나는 송유신이 벽과 천장에 새겨져 있는 그림을 유심히 보고 있었다. 그림에서 시선을 돌린 그가 천도훈을 빤히 바라보았다.

"저 그림을 자네가 그렸다고?"

"그렇습니다."

천도훈이 존대했다.

군사부일체라고 배웠고, 초빙된 송유신이 그에게 그림에 대해 알려 주려고 하고 있었다. 스승에 대한 예의로 천도훈이 자신을 낮췄다.

송유신이 천도훈을 지그시 바라보았는데, 시선이 마치 쏘는 듯 강렬했다.

"그림을 배우겠다고?"

"네."

"대체 무엇을 그린 것인가? 무엇을 위해 그림을 그리려고 했는가?"

"그저 그렸을 뿐입니다."

천도훈이 담담하게 말했다.

마음을 표현하기 위해서 그저 마구 그려 나갔던 그림이었다. 무엇을 그린 것도 아니고, 무엇을 위해 그린 건 더욱 아니었다.

"여기 소저가 낙서라고 하더니 틀린 말이 아니야. 여기 그려진 그림에는 시와 하나로 일치된 점이 하나도 없어."

빠르고 격앙된 어조로 송유신이 말을 내뱉었다.

예와 격을 중요시하는 송유신은 시화일체를 추구하는 자로 광서성에서 다섯 손가락 안에 꼽히는 대단한 화백이었다.

시와 그림은 그 기교는 달라도 화가가 붓을 먹물에 담그기 전에, 그리고 시인이 글을 쓰기 전에는 시인과 화가의 정서가 다를 바 없다는 사상이 바로 시화일체다.

"북송의 화가 곽희가 말하기를 '그림은 소리 없는 시이고, 시는 형태 없는 그림이다.'라고 했고. 소식은 '그림 가운데 시가 있고, 시 가운데 그림이 있다.'고 했다. 그림에는 시적 정서가 녹아들어 있어야 해. 무슨 말인지 알겠나?"

송유신이 쏟아 내는 말의 뜻을 분명히 이해는 못했지만 어렴풋이 짐작이 된 천도훈이 입을 열었다.

"저는 시를 모릅니다."

"시에는 인생의 희노애락이 모두 있지. 공부해 보면 분명히 얻는 것이 있어. 처음 공부한다면 정절 선생에 대해서 공부하는 편이 좋아."

도연명은 동진 사람으로 세상 사람들을 그를 정절 선생이라 불렀다. 그는 명리를 바라지 않고, 독서를 좋아하고, 술을 즐겨 마셨으며, 국화 심기를 즐겨 했다. 집안이 구차하여 한때는 관직에 있었으나, 관리란 직책이 생리에 맞지 않아 스스로 벼슬을 버리고 자연으로 돌아가 은거했다.

"음주는 정절 선생의 대표적인 시가로 전원생활을 주제로 하여 현묘하고 유원한 은자의 세계를 그린 작품이라네. 소저가 한 번 읊어봐."

"네."

천소연이 대답한 뒤 가만히 시를 낭송했다.

結廬在人境 속세에 오두막을 짓고 살아도

而無車馬喧 수레와 말 왔다 갔다 하는 시끄러운 소리 하나 없구나

問君何能爾 그대에게 묻노니 어찌하면 그럴 수 있는가

心遠地自偏 마음이 세속에서 멀어지니 꼭 외딴곳에 사는 것만 같노라

探菊東籬下 동쪽 울타리 아래에서 국화를 따며
悠然見南山 유유자적 남산을 바라본다
山氣日夕佳 산의 자태는 석양 빛 속에 아름답기 그지없고
飛鳥相與還 날아다니는 새들도 서로 함께 둥지로 돌아가네
此中有眞意 이러한 모습 속에 삶의 진정한 의미가 있는데
欲辨已忘言 그것을 표현하려 해도 할 말을 잊어 어찌 표현해야 할지 모르겠구나

도연명의 음주 시는 본래 총 이십 수로 된 모음시다. 도연명이 이십 수 전체를 한 번에 다 쓴 게 아니라 그때 그때 술을 마시며 즉흥적으로 쓴 것이기 때문에 각각의 시 내용이 서로 독립적이다.

천소연이 읊은 시는 그중 다섯 번째 시로 전체 음주시 중 가장 유명한 시이다.

"잘 낭송했다."

"감사해요."

천소연이 송유신이 칭찬에 고개를 숙였다.

"……"

천도훈이 들었던 시에 빠져들었다.

시의 내용들이 저절로 머릿속에서 시각화됐다.

사립문이 열려 있는 동쪽 울타리 밑에 국화가 자라고 있었다. 나무 그늘 밑 바위 위에 한 선비가 앉아 있는데, 그 옆에 방금 꺾은 국화 송이가 놓여 있었다. 선비의 시선이 먼 산을 유유자적하게 바라보고 있었다.

하지만 그림이 명확하게 그려지지 않았다.

머릿속의 시각화된 그림은 흐릿했다.

시의 단어에는 중의적인 표현이 많았고, 배움이 짧은 천도훈이 모두 알기에는 부족함이 상당했다.

"어렴풋이나마 느꼈는가?"

"네."

"작자미상의 걸작 동리채국도와 유연견남산도는 음주를 바탕으로 그린 회화들이지. 그 걸작 그림들을 보게 될 경우 시를 모르면 단순히 인물 산수화로 밖에 보이지 않아. 반대로 시의 내용을 알고 시적 정조에 공감하는 사람이라면 그림을 통해 인생의 참뜻을 터득하고자 했던 정절 선생의 가르침에 빠져들 수 있지. 이것이 바로 시화일체의 세계라네."

예와 격을 비롯한 양식은 고대로부터 전해져 내려오는 가르침이다. 전통을 가진 양식들은 회화와 결합하여 보는 그 이상을 보여 준다.

"……"

천도훈이 가만히 경청했다.

"기회가 닿으면 마음을 가지고 그린 선인들의 옛 그림들을 감상해 보게. 보는 그 자체만으로도 얻는 것이 많다고 장담하지."

천도훈을 바라보는 송유신의 눈빛이 흔들렸다.

'놀랍다. 그림에 마음을 담고 있어.'

사실 그는 천도훈의 그림을 보고서 전율했다.

오랜 시간 동안 그는 시와 그림에 매달리고 있었지만 그림에 마음을 제대로 녹여내지 못하고 있었다. 혼란스러운 마음을 다잡기 위해 산천을 유람했다. 그러다가 노잣돈이 떨어진 상태에서 우연하게 보수가 상당한 천소연의 초빙에 응한 것이다.

그런 그에게 천도훈의 그림은 큰 충격을 안겨 줬다.

'솔직히 질투가 난다. 하지만 범재가 천재를 따라갈 수는 없는 것이겠지.'

자신의 분수를 알고 있는 송유신의 입가에 씁쓸한 미소가 걸렸다.

'후대에 큰 발자취를 남길 천재에게 길을 알려 줬다는 사실만으로 만족하자.'

송유신은 천도훈에게 더욱 많은 걸 알려 줄 수도 있었다. 하지만 그건 범재에게만 통할 뿐 천재에게는 과유불급이었다.

이미 자신의 길을 정한 천도훈에게 송유신이 세세하게 지도할 수는 없었다.

"시간이 있으면 주변을 둘러보게. 그러다 보면 그리고 싶은 것이 많을 거야. 그 자체가 삶이나 다름이 없는 것이지."

그림은 삶과 멀리 떨어져 있는 것이 아니라고 조언한 송유신이 마지막 말을 마치고는 돌아섰다. 정작 조언을 했지만 그 자신도 삶과 그림이 다르지 않다는 걸 제대로 알지 못하고 있었다. 다만 전해 들었던 걸 고스란히 전할 뿐이었다.

천재를 대하는 송유신의 가르침은 무척 단순하면서 보수적이었다.

'천재에게는 이 정도 가르침이 딱 어울린다.'

송유신이 예와 격을 딱딱하게 알려 주면서 천재 스스로 틀을 깨고 나가도록 유도했다.

"말투가 딱딱하지만 그림에 대한 열정은 대단한 선생님이세요."

혹시라도 천도훈이 불쾌해할까 봐 천소연이 송유신에 대해서 말해 줬다. 다만 비싼 돈을 주고서 초빙한 송유신의 가르침 시간이 너무 짧다는 것이 불만이었다.

"좋은 가르침이었다."

천도훈의 귓가에 송유신이 했던 말들이 계속 울렸다.

몰랐던 미지의 세계가 확 펼쳐졌다.

천도훈이 먼저 그 길을 걸었던 송유신에게서 배워야 할 점이 많다는 사실을 깨달았다.

두근! 두근!

심장이 고동치는 소리를 듣고 있는 천도훈의 눈이 횃불처럼 밝게 빛났다.

"화보집을 준비해 왔어요. 보세요."

천소연이 화보집을 꺼냈다.

천도훈이 그녀와 화보집을 펴 놓고 살펴보기 시작했다.

"아쉽지만 진품들은 아니에요. 모사품들이에요."

"마음이 없어 보인다."

천도훈은 그림들에서 생생함을 느끼지 못했다.

"하지만 이건 달라요. 짠!"

그녀가 모사품이 아닌 진품 장한철 화백의 관수세심도를 내보였다.

"장한철 화백은 어진(御眞) 제작에도 참여한 실력 있는 분이에요. 다작을 하는 걸로 유명해요. 하지만 그분의 작품을 얻기란 쉽지 않죠. 관수세심도를 구하기 위해서 제가 얼마나 고생했다고요."

그녀는 천신만고 끝에 관수세심도를 구할 수 있었다. 시중가의 두 배나 많은 거금을 내고서 소장하고 있던 사람에게 구입했다.

"……."

천도훈이 그림 속으로 빠져들었다.

그윽한 계곡의 물 위에 안개가 흐르고 있었다. 동자를 거느린 두 선비가 너럭바위에서 계곡을 내려다보았다. 가운데 바위 사이로 두 갈래 물길이 터졌는데, 물거품이 일 만큼 물살이 빨랐다.

"볼수록 마음이 시원해지는 그림이죠? 흐르는 물에 마음을 씻는다고 해서 관수세심도예요."

"어울리는 이름이다."

천도훈이 그림 속의 물에 자신을 비춰 봤다.

그림 앞에 서서 실제의 산속에서처럼 바라본다고 해서 산과 계곡이 실제로 거기에 있지는 않다. 산과 계곡이 존재하는 것이 아니라 그림만이 현존하고 있다.

화가가 자연계의 산과 계곡을 모사한 것이 아니라 그것과 연관된 마음을 그렸다.

"관수세심도는 제가 좋아하는 그림이에요. 땅의 모양은 동쪽 서쪽이 있지만 흐르는 물은 이쪽저쪽이 없어요. 물은 나뉘어 흘러도 뿌리는 하나이기도 해요."

천소연이 관수세심도에 대해서 말했다.

그러면서 그녀가 은근슬쩍 천도훈의 마음의 모진 부분을 달래려고 노력했다.

뿌리가 하나인 물은 다투지 않는다.

이복형제이기는 하지만 그들 가족의 뿌리는 바로 하나였다.

천도훈의 뇌리에 평소 즐겨 읽던 도적경의 한 구절이 떠올랐다.

'가장 좋은 것은 물과 같으니 만물을 이롭게 하면서 다투지 않는다.'

콸콸콸! 콸콸콸!

관수세심도에서 물소리가 넘쳐흘렀다.

물소리가 번뇌를 끊어 주고, 산자락의 물굽이는 속기를 씻어 줬다. 세속의 삶에 지친 나그네들을 정화시켜 주는 힘이 넘쳤다. 세상 시비에 귀 닫게 해 주는 천상의 물소리였다.

실제 소리처럼 들려오는 물소리가 천도훈에게 환상을 불러일으킬 정도였다.

"나도 물을 좋아한다. 고요하게 흘러가는 물이 아니라 굽이굽이 난폭하게 요동치는 급류를 보면 마음이 탁 트인다. 차갑게 얼어붙은 폭포를 보면 시원함에 전율하고는 하지."

천도훈의 눈에 강렬한 기세가 번뜩였다가 사라졌다.

그림을 배우고 있는 그는 여전히 사나웠다.

'여전히 어려워.'

천소연의 눈빛이 흔들렸다.

"이건 앞으로 여기에 있을 작품이에요."

말꼬리를 돌린 그녀가 관수세심도를 벽에 걸어놓았다.

그런 그녀가 품속에서 새로운 화폭을 꺼내 들었다.

"이 그림은 어때요? 작자를 알 수 없는 풍속화이지만 괜찮다고 소개받아서 덩달아 사왔어요. 제목은 연정이라고 해요."

문살 사이로 등잔불이 비치는 단칸 누옥에 젊은 서생이 책을 읽는다. 반듯한 정자관에 또렷한 이목구비, 서생의 외모가 훤칠하다.

보름달이 뜬 심야에 삼단처럼 긴 머리의 처녀가 기둥에 숨어 책 읽는 소리를 엿듣는다. 한 발을 주춧돌에 걸친 그녀가 행여 들킬세라 숨소리를 낮췄다. 상기되어 있는 그녀의 시선이 서생에게서 떠날 줄 모른다.

"나는 시적인 표현이 느껴지는 그림보다 감정을 거칠면서 순수하게 표현한 그림이 더 좋다."

천도훈이 그림에 감탄했다.

거친 종이 위에 그려진 그림은 무척이나 수수했다.

처녀가 금방이라도 옷을 벗고 서생에게 달려갈 듯 보였다. 그녀의 손에 다산의 상징인 포도가 들려 있었다. 선비의 사랑을 받아 많은 아이를 낳고 싶다는 은밀한 외침이었다.

"나는 인간의 근원적인 감정인 분노와 타락 등에 대해 관심이 많다. 그런 감정들을 어떻게 표현하는지를 배우고 싶다."

"좋은 생각이 아니에요."

천소연의 안색이 창백했다.

그녀가 그림을 공부하면서 인간의 따뜻한 정을 천도훈의 가슴에 전하려고 했다. 하지만 그런 의도가 오히려 안 좋은 쪽으로 나아가려 하고 있었다.

"중요한 건 내가 하고 싶다는 점이다."

천도훈에게 선악은 아무런 문제가 되지 않았다.

단지 그가 선택했느냐 선택하지 않았느냐의 차이일 뿐이었다.

"송유신 화백이 말한 시에 대해서는 어떻게 하려고요?"

"공부한다."

천도훈은 송유백의 말에서 느낀 점이 많았다.

그렇기에 시적 표현이 들어간 그림들에 대해서 공부하고 연구할 생각이었다. 싫어서 안 하는 것과 몰라서 안 하는 건 하늘과 땅 차이였다.

천도훈이 그림의 시적 표현을 알고 난 뒤에 과감하게 버릴 생각이었다.

"잘 생각했어요."

천소연이 속으로 안도의 한숨을 내쉬었다.

시는 단순히 시로 끝나지 않는다.

시에는 세상의 학문들이 총집결되어 있다.

도가와 불교, 유교 등을 공부하지 않으면 시의 내용을 제대로 이해하지 못한다. 중의적으로 표현되는 시의 단어 하나하나는 고사들과도 연관된다. 그래서 제대로 된 시를 짓는다는 건 학문이 세상에서 인정받을 정도로 완성되었다는 걸 의미하기도 한다.

'과거의 아픔을 잊을 수는 없겠지요. 하지만 지금 살고 있는 현실과 어떻게 좋게 연결시킬 수 있는지가 중요해요. 학문을 공부하면서 그런 사실을 깨달았으면 좋겠어요.'

그녀가 간절하게 기도했다.

선인들이 남겨 놓은 학문은 세상과 이어지는 소통의 창구다. 자연스럽게 보는 시야가 넓어지고 마음이 성장한다.

"그림과 글 선생님을 초빙할까요?"

"필요 없다. 독학한다."

"홀로 독학하면 진행 속도가 느려요."

"늦게 가면 그만큼 보는 것이 많다."

천도훈은 사부에게 무공을 사사 받은 이후로 무공을 홀로 익히고 수련해왔다.

좌충우돌 진행하면서 잘못된 길로 간 적도 부지기수였고,

헤맨 시간도 많았다. 하지만 높은 위치에 올라 바라보니 그 때 시간과 경험의 소중함을 알게 됐다.

전혀 생각하지 못했던 부분이 무형의 자산이 되기도 했다. 끊임없이 독학을 하다 보면 자연스럽게 생각이 깊어지게 되고, 사고와 사념이 늘어나게 된다.

사고와 사념이 많아지면 어떤 방향으로든 사람은 발전한다.

땀 흘린 시간들은 결코 헛되지 않았다.

"송유신 화백처럼 어떤 방향으로 나아갈 지만 알려 주면 충분하다."

천도훈은 송유신의 말에서 배울 점이 있다는 사실을 인정했을 뿐이다. 송유신이 걸었던 그 길을 그대로 답습할 생각은 없었다.

"알았어요. 독학에 도움이 되는 책들을 준비할게요."

천소연이 천도훈의 고집을 꺾을 수 없다는 사실을 절감했다.

입 밖으로 나온 이상 지켜야만 했다.

만약 의견이 다르다면 천도훈의 입 밖으로 말이 나오기 이전에 설득하는 것이 최선이었다.

'그림에 관한 서적들과 함께 마음을 다스릴 수 있는 불경과 도가 경전 등을 먼저 가져다주자.'

그녀가 최대한 빠른 시간 안에 얼어붙은 천도훈의 마음에서 따뜻한 감정이 피어날 수 있도록 영악하게 머리를 굴렸다.

그때였다.

파아앗! 파아앗!

천도훈의 팔에 채워져 있는 투박한 팔찌에서 어두운 빛이 뿜어져 나왔다. 어두운 가운데 신성한 기운을 뿜어내고 있는 빛은 밝지만 전혀 눈부시지 않았다.

"오라버니! 팔찌가 빛나고 있어요."

천소연이 호들갑을 떨었다.

부르르! 부르르!

세상이 멸망해도 무너지지 않을 것 같던 천도훈의 두 눈이 요란하게 흔들렸다. 격정에 찬 그의 뇌리에 꿈에서도 신물의 빛을 보고 싶어 하던 사부의 모습이 떠올랐다.

"탄생하셨구나."

천도훈이 나지막이 중얼거렸다.

암흑좌사는 교주의 신위에 대해서 알 수 있는 신물인 암흑마환을 지니고 있었다. 교주가 사라지고 난 뒤 오랜 세월 잠들어 있던 암흑마환이 마침내 오랜 잠에서 기지개를 켰다.

세상에 새로운 교주가 탄생했다는 걸 암흑마환이 알리고

있었다.

불멸의 힘인 고목신공을 연성한 이한열이 세상 밖으로 나온 순간 벌어진 일이었다. 그리고 이와 비슷한 일이 광명우사와 멸절되다 시피한 배교의 후인들이 건너간 바다 건너 탐라에서도 일어나고 있었다.

"탄생하셨다니 무슨 의미인가요?"

"교주님께서 세상에 나오셨다."

"대체 무슨 소리예요? 집 밖으로 나가지 않는 오라버니에게 교주라니요?"

"내가 지닌 모든 건 교주님의 것이다."

천도훈은 전대 암흑좌사의 유언을 잊지 않고 있었다.

"교주의 칼이 되거라. 암흑좌사는 그 이상 그 이하도
아니다."

암흑좌사는 교주의 칼이 되었을 때 비로소 진정한 힘을 발휘할 수 있었다. 그리고 교주의 칼로 있어야 완전해질 수 있었다.

지금의 천도훈은 반쪽짜리였다.

전대 암흑좌사는 완전한 힘을 갈구했다.

그리고 반쪽짜리인 암흑좌사가 완벽해질 수 있도록 후계

자에게 부탁했다. 그렇지만 완전해지기를 꿈꾸는 암흑좌사들의 유언은 오랜 세월 전해져 내려오기만 할 뿐 이뤄지지 않았다. 천도훈의 스승인 전대 암흑좌사도 불가능이라고 생각했다.

파아앗! 파아앗!

그런데 지금 암흑마환이 신성한 어둠의 빛을 뿌리고 있었다.

"오라버니!"

천소연이 금방이라도 떠나 버릴 것 같은 천도훈을 바라보면서 불안해했다. 불친절하고 무뚝뚝한 천도훈과 많은 노력 끝에 친해졌다. 아니, 그렇다고 여기고 있었다. 정작 천도훈은 빛나고 있는 암흑마환에서 눈길을 떼지 못했다.

암흑마환의 빛은 환상적이었다.

빛을 몸과 마음으로 받아들이고 있는 천도훈은 어머니의 품속에 빠져든 느낌을 받고 있었다. 그 외에는 달리 어떻게 표현할 수가 없었다.

파아앗! 파아아!

강렬하게 빛나던 암흑마환이 다시금 투박한 팔찌로 되돌아왔다.

슥!

천도훈이 일어났다.

"어디 가시게요?"

"교주님을 찾으러 가야 한다."

들뜬 표정의 천도훈이 흥분을 감추지 못했다. 방금 전 접했던 어머니 품의 감동을 다시 접할 수 있다면 무엇이라도 할 수 있었다.

삭막하게 얼어붙은 그의 마음에 따뜻한 바람이 불어닥쳤다. 상상만 해도 즐거웠기에 입가에 절로 미소가 떠올랐다.

"언제 돌아오시나요?"

"내가 있을 곳은 교주님의 왼쪽이다."

돌아오지 않는다고 우회적으로 선언한 천도훈이 큰 걸음으로 대지를 박차고 나아갔다.

휘이익!

그가 한 마리 새처럼 허공을 향해 쭉쭉 나아갔다.

"오라버니!"

화들짝 놀란 천소연이 뾰족하게 외치면서 천도훈의 옷깃을 잡으려고 했다. 하지만 이미 너무나도 늦어 버린 행동이었다.

천도훈과 천소연 가족의 관계는 애당초 너무나도 멀어져 있었다. 천소연을 비롯한 가족들이 다가서려고 했지만 이제 그 기회는 영영 사라졌다. 한 마디로 천소연 가족은 닭 쫓던 개 신세 꼴로 전락하고야 말았다.

"아! 이렇게 헤어지다니……."

망연자실한 천소연이 털썩 바닥에 주저앉았다.

힘이 쭉 빠진 그녀가 이제 보이지도 않는 곳을 바라보면서 허망한 눈빛을 뿌렸다.

피는 물보다 진하다.

하지만 때로는 이웃보다 못한 가족들도 있는 법이다.

천도훈에게 있어 천소연과 가족들이 그랬다.

그렇기에 천도훈은 고개도 돌리지 않고 원래 있어야 할 장소를 향해 떠나갔다.

第十一章
평지풍파

이한열이 여행을 떠났다.

유적에서 찰나지만 영겁처럼 느껴지던 많은 마음고생을 하였기에 스스로에게 위안을 주고자 하는 것이었다.

새로운 충전을 위한 지험산 산행이었다.

휘이잉! 휘이잉!

강한 바람이 이리저리 불면서 풀과 나뭇잎 등을 마구 움직이게 만들었다. 마치 초록빛 파도를 일으키는 듯한 광경이었다.

그 물결에 이한열의 시선이 향하곤 했다.

서로 부대끼는 풀잎과 나뭇잎들의 소리가 요란했다.

"하나의 뿌리에서 자라났건만 참으로 아우성이구나."

이한열의 눈에 불협화음을 잔뜩 일으키는 인간들처럼 자연도 다를 바가 없이 보였다.

스팟!

왠지 자신을 떠올리게 하는 풍경에 그의 눈에서 예리한 안광이 번뜩거렸다가 사라졌다.

슥!

그가 허리춤에서 가지고 왔던 죽엽청 술병을 꺼내 들었다.

뽕!

마개가 열리면서 진한 술 냄새가 진동했다.

독할 정도로 숙성시킨 죽엽청이었다.

벌컥! 벌컥!

이한열이 술을 마시면서 걸었다.

독한 술기운이 입과 목을 축이면서 넘어갔다.

화끈한 술과 탁 트인 산속을 거닐다 보니 마음이 시원해져 갔다.

저벅! 저벅!

이한열이 꾸준하게 걸었다.

험하기로 유명한 지험산의 풍경이 이한열의 마음에 들었다.

칼날처럼 날카로운 기암괴석들이 뾰족해서 사람을 찌를

것처럼 보였다. 험한 길에 가파르게 세워져 있는 절벽에서는 바위들이 금방이라도 떨어질 것만 같았다.

분명 지험산이 빼어난 절경을 가진 산은 아니다.

하지만 지독하게 험악해서 사람들의 진을 빼놓기에는 참으로 적당했다. 호랑이와 멧돼지에게 당해서 사망한 사람들도 적지 않았다.

"핏자국이구나."

이한열의 예리한 눈에 시커멓게 말라붙은 핏자국이 보였다.

"호랑이에게 당했어."

대부분 사라졌지만 호랑이의 털이 떨어져 있는 걸 발견했다.

호랑이를 비롯한 야생 짐승들이 많기로 유명한 지험산 곳곳에는 사람들의 한 서린 흔적들이 보였다.

"세상은 약육강식이다."

약육강식은 동물과 사람을 가리지 않는다.

약하면 잡아먹힌다는 사실은 핍박받아 왔던 이한열이 누구보다 잘 알았다. 잡아먹히기 싫으면 약자에서 벗어나야만 했다.

냉혹한 자연의 치열함을 느끼면서 걷던 그가 고갯마루에 오르자, 황토가 너르게 펼쳐진 붉은 분지가 나타났다. 짙푸른 솔밭 사이로 절이 고즈넉하게 세워져 있었다.

활짝 열린 절의 정문 안쪽으로 보이는 벽에는 사천왕상이
악귀와 나찰 등을 밟고 서 있는 탱화가 그려져 있었다.

"……."

이한열의 시선이 탱화에 가서 꽂혔다.

이한열이 바라보는 건 웅장한 모습으로 강한 힘을 드러내
면서 만족스러워하고 있는 사천왕상이 아니었다. 그의 시선
이 머무르고 있는 곳은 악귀와 나찰이었다.

일그러질 대로 일그러진 표정의 악귀와 나찰들이 안간힘을
다해 사천왕에게 대들었다. 강한 생존 욕구를 가지고 발악적
으로 사천왕을 상대했다. 뱀의 형상을 지닌 악귀가 증장천왕
의 발에 독 이빨을 박아 넣으려고 마지막 안간힘을 다했다.

그러나 그런 공격에 당할 증장천왕이 아니었다.

증장천왕이 사정없이 악귀를 발로 짓밟으려 했다.

증장천왕의 발이 내리꽂히면 악귀들이 처참하게 부서지리
라!

엄청난 충격과 여러 곳의 상처에서 피를 줄줄 흘리고 있는
악귀와 나찰들이 사천왕에게 미친 듯이 달려들었다.

"……."

이한열이 꼼짝도 하지 않고 한참을 그대로 서 있었다.

이한열이 탱화에 푹 빠져서 시간 가는 줄을 몰랐다.

어느덧 해가 기울고 타는 듯한 석양이 비쳐 든 탱화는 장엄하고 아름다웠다.

탱화 속으로 빠져들어 악귀와 나찰 등에 자신을 투영하고 있는 이한열의 가슴 부위에 경련이 일어났다. 부리부리한 눈으로 악을 처벌하는 사천왕이 그를 강하게 압박했다. 높이 들린 증장천왕의 발이 그를 금방이라도 짓밟으려 하고 있었다.

'탱화에는 악을 미워하는 그린 이의 마음이 담겨져 있다. 그로 인해 욕망으로 물든 내 마음이 들끓어 오르며 불편해진 것이다.'

이한열이 자신에게 일어난 변화를 이해했다.

그림은 무공으로 치면 심도(心道)에 이른 놀랍도록 뛰어난 수준이었다. 아직 채 심도에 이르지 못한 이한열이 눌릴 수밖에 없었다.

하지만······.

교활한 심성을 지닌 패도의 주인인 그가 그림 앞에서 굴복할 수는 없었다.

고오오! 고오오!

그의 눈이 횃불처럼 강렬하게 불타올랐다.

탱화를 바라보면서 오랜 시간 그가 심력을 쏟고 있을 때였다.

가공할 심력과 기운을 줄기줄기 뿜어내는 그가 점차 사천왕에서 벗어나고 있을 때였다.

"시주는 누구이신지요?"

허연 수염을 늘어뜨리고 있는 한 늙은 스님이 그에게 다가와 사람 좋게 웃으며 말을 걸어왔다. 인상이 참으로 좋은 스님이었다.

"이한열이라고 합니다."

"만허라고 합니다."

만허가 자애롭게 웃으며 말했다.

쌍계사의 전대 주지인 그는 본래 사람들 앞에 자주 나서지 않았다. 하지만 깊은 심처에서 불도를 닦고 있다가 패도적이면서 기괴한 기운을 접하고 놀라서 뛰쳐나올 수밖에 없었다.

"무엇을 보고 있었습니까?"

"마음을 보고 있었습니다."

"그런데 그 마음이 무척 사납고 위험해 보입니다."

"제가 원하는 겁니다."

이한열이 말했다.

그에게는 그만의 세계가 있었다.

그 세계는 아무도 간섭할 수 없었다.

화르르! 화르르!

억누르면 억누를수록 반발하려고 하는 그의 마음은 거칠

어졌다. 불교의 선하면서 어진 기운 앞에 배교의 이질적인 기운이 반발하는 것이었다.

그의 가슴은 분노로 거세게 타올랐다.

지독한 심화에 가로막는 모든 걸 불태워 버리고 싶었다.

"탱화를 보는 데 불편해 보이더군요."

온화한 성품인 만허의 얼굴이 붉게 상기되었다.

"심화가 일어났습니다."

"마음을 괴롭게 만드는 원인이 무엇이라 생각하시오?"

"욕망입니다."

"선재로군요. 괴로워하는 마음이 모두 욕심인 것이지요. 선사께서 괴로워하는 마음을 모두 버리라고 하시고는 했지요."

"욕망을 버릴 수는 없습니다. 욕망은 저를 지탱해 주는 힘입니다."

만허의 탱허가 중생을 위한 그림이라면, 이한열의 욕망은 고독했던 삶과 고통스러운 한 그리고 즐거움을 처절하게 표현한 개인의 것이었다.

"색즉시공, 공즉시색! 늘 좋은 마음에만 집착해서 심화가 일어나는 겁니다. 고개를 돌리면 피안인 법이지요."

"번뇌와 욕망을 끊는 것이 불교의 고귀한 가르침이라는 건 알고 있습니다. 하지만 너무 고귀해서 속세에 물든 제가 따르기에는 무리입니다.”

“허허허! 물은 나뉘어 흘러도 뿌리는 하나인 법! 번뇌와 욕망도 결국에는 하나의 뿌리에서 탄생한 것이지요. 어차피 나쁘다고 해서 무 자르듯 쉽게 버릴 수 있는 것도 아닙니다.”

“……”

이한열이 침묵하며 입을 열지 않았다.

현기 어린 만허의 말 앞에서 반박할 말이 떠오르지 않았다.

깨달음을 안 선지자의 이야기였다.

오랜 세월 정진한 만허의 가르침은 지극히 현묘했다.

하지만 반박하지 못할 뿐 그의 눈빛에는 여전히 불복하는 기색이 역력했다.

신에게 가장 가까이 근접한 배교의 주인을 꿈꾸는 그가 만허를 인정할 뿐 그의 가르침을 좇는 건 아니었다.

“모든 것에 있어서 말도 없고, 설할 것도 없고, 나타낼 것도, 인식할 것도 없으니 일체의 문답을 떠나는 것이 절대 평등입니다. 즉, 불이의 경지에 들어가면 다툼의 의미가 없습니다.”

“……”

이한열이 재차 침묵했다.

이번 침묵의 의미는 달랐다.

밖으로 나타내는 행동과 언어의 표현은 소위 진정한 진실에 도달하지 못한다. 오직 침묵만이 그 진실에 도달하는 유일한 길이다.

배교의 주인인 이한열은 불이의 경지에 올랐다.

이한열의 침묵이 보여 주고 있는 도는 도가의 무나 도의 경지와 통했다.

침묵하고 있던 이한열이 가만히 입을 열었다.

"저에게는 하나가 있을 뿐이지 둘은 있을 수 없습니다."

이한열이 만허의 현기 어린 말을 그저 귓등으로 듣고 넘기겠다고 천명했다.

그는 배교에서 가장 존귀한 신분이었다.

"아미타불! 배교가 그대의 진여(眞如 절대 진리)로군요."

만허가 탄식에 가까운 말을 토했다.

불가에서 불이를 말할 때 불이는 즉 진실한 일로서 법성 또는 진여를 말한다. 이한열의 진실한 진여는 바로 거치적거리는 모든 걸 휩쓸어 버리는 무지막지한 힘이었다.

선각자인 만허는 오랜 세월 중원에서 잊힌 배교의 힘을 알아차렸다. 너무 이질적이면서 괴이하기에 중원에서는 잊어버린 힘을 깨끗하고 고고한 만허는 인지할 수 있었다.

'이 자는 살성이 될 수도 있다.'

이한열을 바라보고 있는 만허의 깊은 눈이 흔들렸다.

불온하면서 위험해 보이는 이한열이 탱화에 녹아들어 있

는 심도를 이해하면서도 탐욕스러운 속내를 그대로 유지했다. 심도의 깊은 뜻을 체득하면서도 이질적인 배교의 본성에서 멀어지지 않았다.

이한열이 심도를 터득하고도 배교의 진리를 계속 추구한다면 세상에 있어 큰 재앙이 될 수도 있었다.

배교의 진리를 전파하는 과정에서 한때 중원에서 종교전쟁이 일어났다. 그로 인해 중원에는 시산혈해가 쌓여 나갔다.

슥!

그의 마음에서 미약한 살기가 일어났다.

'내가 지옥에 가지 않으면 누가 가리!'

만허는 이한열이 제대로 성장하기 전에 미리 치워 버리는 편이 좋을 지도 모른다고 생각했다. 한 명의 악인을 죽여 천 명의 선인이 평화롭게 살 수 있다면 기꺼이 손에 피를 묻힐 수 있었다.

세상은 넓었다.

은근하게 그를 짓눌러 오는 가공할 기세의 전조를 이한열이 알아차렸다. 미미한 살기였지만 이한열은 목숨의 위협을 놓치지 않았다.

사람 좋아 보이는 웃음을 지은 채 사람 여럿 때려잡았을 만허였다.

"절대평등, 불이의 경지는 대립을 떠나야 얻을 수 있다고 대사께서 방금 말씀하더니 참으로 가소롭군요."

이한열이 차갑게 웃었다.

서늘한 광채를 뿌리고 있는 그가 만허를 사납게 노려보았다.

"음!"

만허가 침음을 흘렸다.

이한열의 차가운 비웃음에 그의 마음이 송두리째 뒤흔들렸다.

"불이는 하나가 다른 하나에 종속되거나 대립되는 것이 아닙니다. 서로 받쳐 주고 채워 주며 서로를 분명히 해 주고 조화를 이루는 것이라 할 수 있습니다. 피를 본다고 해서 조화를 깨뜨리는 겁니까? 그것 역시 하늘에서 내린 본성입니다."

이한열의 말이 만허의 마음을 깨뜨렸다.

직접적으로 선보인 무력보다 마음으로 전해지는 차가운 말 한마디가 더욱 날카로웠다. 이한열의 말이 만허의 뒤틀린 부분을 그대로 꿰뚫었다.

쌍계사의 전대 주지로 있는 만허는 사실 소림외문의 무승이었다.

사마외도를 처단하는 데 있어 머뭇거리는 소림사와 달리 소림외문은 거침이 없었다. 소림외문은 무림에 해가 되는 사마외도라고 하면 가차 없이 살수를 펼쳤다.

"배교의 주인을 추구하는 사람에게는 옳고 그름이 무의미합니다. 저는 부끄러움이 없는 존재입니다."

이한열이 천명했다.

황제는 무치란 말이 있다.

무치란 말 그대로 부끄러움이 없단 뜻이다.

황제에게 무치란 어떤 일을 해도 흠이 되지 않는다는 뜻이다.

황제는 하늘이 내린 존재이기 때문이다.

신에 가까운 배교의 주인을 자처하는 이한열은 거리낄 것이 없었다.

'신을 믿는 사람 앞에서는 정사마가 의미 없으니, 저 자가 살성이라고 할지는 몰라도 마두라고 볼 수는 없다. 피를 많이 흘리게 되면 그건 시대의 흐름일 뿐이구나.'

시대의 도도한 흐름을 막을 수 없다는 사실을 만허가 절감했다.

이 순간 이한열을 쓰러뜨린다고 해도 결국 세상은 난세가 되고야 말리라!

그것이 하늘의 섭리였다.

만허가 비록 손에 피 묻히기를 마다하지 않는다지만 불제자로서 하늘의 섭리에 역행할 수는 없는 노릇이었다.

슥!

만허가 합장을 했다.

팡!

가벼운 소리와 함께 사방의 공기가 요동쳤다.

"이것이 중생들이랍니다. 부디 가엽게 여겨 주셨으면 합니다."

출렁거리는 대기가 점차 잦아들기 시작했다.

요란하던 대기의 흐림이 고요해졌다.

"지금 본 것이 새지도 넘치지도 않는 마음이지요. 오고 감이 없이 여여함을 깨달은 사람의 마음입니다."

만허가 이한열에게 조언했다.

슥!

이한열이 만허가 만든 대기의 흐림을 물끄러미 바라보았다.

고요하고 맑은 마음!

그것은 깊은 산중에 사는 스님에게나 맞는 것이다.

질풍노도의 난세에서 고요한 마음을 강요받자, 이한열의 마음에서 반발심이 치밀었다.

스윽!

이한열이 오른손을 하늘로 치켜 올렸다.

휙!

그가 오른손을 가볍게 내리그었다.

스르륵!

가벼운 손동작 앞에서 찰나의 순간 대기가 그대로 갈라졌
다.

"제 대답입니다."

이한열이 단순하게 마음을 표현했다.

앞을 가로막는 건 그때그때 마음에 따라 하겠다는 의지였
다. 반발하면 가르고 지나갈 수도 있었고, 순응하면 편하게
받아들일 수도 있었다.

언제 어떻게 되느냐는 바로 이한열의 마음에 달려 있었다.

이한열의 마음을 짐작한 만허가 눈을 질끈 감았다.

한참을 고요하게 있던 그가 천천히 입을 열었다.

"욕망과 번뇌가 무조건 나쁜 건 아니지요. 욕망과 번뇌로
들끓는 마음을 맑은 마음으로 바꾸어 나가야 합니다. 그래서
악업을 정화시키고 중생을 이롭게 하는 선행을 쌓아 내생을
준비하십시오."

"스님에게는 내일이 있군요. 저는 내일이 아닌 현재만을
살아갑니다."

이한열이 말을 마치고는 등을 돌렸다.

슥!

산문을 향해 휘적휘적 떠나가는 이한열의 뒷모습을 만허
가 망연히 바라보았다.

황혼을 배경으로 걸어가는 이한열에게서 붉은 피가 뚝뚝 떨어지는 것처럼 보였다. 피가 강처럼 흐르는 듯한 착각마저 일었다.

그런 모습을 말없이 바라보고 있는 만허의 마음이 어두웠다.

"하하하하!"

산문을 벗어난 이한열이 앙천광소를 터트렸다.

지나가는 개가 웃을 일이 방금 벌어졌다.

웃음이 나서 그냥 마음껏 웃었다.

"하하하하! 선행을 쌓아 내생을 준비하라고?"

이한열의 얼굴이 꿈틀거렸다.

선행을 위한다는 명분 아래 살인까지 마다하지 않으려고 하는 승려의 입에서 나온 말, 말짱 헛소리에 불과했다.

"살인이 불제자의 선행이라면 나에게 있어 선행이란 마음에 따르는 것이다."

저벅! 저벅!

이한열이 가볍게 걸었다.

사아아! 사아아!

짓눌린 흙들이 그의 지독한 마음을 견디지 못하고 바스러졌다. 곱게 바스러진 흙들이 바람을 타고 허공으로 둥실 떠올랐다.

이한열이 걷는 뒤쪽으로 흙먼지가 자욱하게 일어났다. 마치 세상에 평지풍파를 일으키기 위해 나아가는 것처럼 보였다.

실제로 배교 교주의 등장이 알려진다면 그 자체만으로도 중원 무림에 풍파를 일으키고도 남았다.

〈다음 권에 계속〉

ORIENTAL FANTASY STORY & ADVENTURE
이대성 신무협 장편소설
NAVER 웹소설 최고 인기 무협 『수라왕』
그 전대(前代)의 이야기!
'마왕' 과의 계약으로 힘을 얻은 소년, 공손천기.
잔혹한 운명을 이겨 내기 위한 그의 행보가 펼쳐진다.
dream books
드림북스

반생학사

ORIENTAL FANTASY STORY & ADVENTURE

소유현 신무협 장편소설

『학사귀환』, 『학사무경』의 작가 소유현
그가 풀어내는 또 하나의 학사 이야기

시험에 낙방 후, 무한히 반복되는 시간의 굴레에 갇혔다
감옥과도 같은 무한회귀 속에서 벗어나야 한다

강령술사

FUSION FANTASY STORY & ADVENTURE

정은호 퓨전판타지 장편소설

『가문의 주인』, 『명불허전 Dr.허』의 작가 정은호!
많은 이들이 기다린 진정한 모험 판타지!

무속인의 피를 이어받은 고등학생 경식.
신병을 견디지 못하고 집안 내력인 신기를 받아들이던 도중,
강렬한 충격과 함께 이세계로 떨어지게 되는데!

★
dream
books
드림북스